なおと

加賀見さんちの花嫁くん

CROSS NOVELS

真船るのあ
NOVEL:Runoa Mafune

鈴倉 温
ILLUST:Hal Suzukura

CROSS NOVELS

CONTENTS

CROSS NOVELS

CONTENTS

加賀見さんちの花嫁くん

CROSS NOVELS

Illust:Hal Suzukura

Novel:Runoa Mafune

「にぃに～、くまさんのくつしたどこぉ？」

「え～？　枕許《まくらもと》に用意してあるだろ？」

「あ、あった～」

今日も水島《みずしま》家では、朝から愛らしい声が響き渡っている。

無事発見した靴下を手に、裸足《はだし》でとてとてと走ってきた異母弟の尚人《なおと》がリビングのソファーに座り、「うんしょ」と言いながら靴下を履《は》くのを、奏汰《かなた》はキッチンで食洗機をセットしながらすばやく確認した。

「一人で履ける？」

「うん。なおくん、もうごさいだからね」

「そっか、偉いな。尚人は」

大好きな兄に褒められ、尚人は得意げだ。

「奏汰くん、いつもあてにしちゃってごめんね。明日の夜には帰るから」

と、同じく慌《あわ》ただしく身支度を整えていた義母《はは》・知夏《ちか》が両手を合わせて拝む真似をする。

「気にしないでいいよ。なんたって俺、就職浪人ニートなんだから。保育園の送り迎えくらい、いくらでもやるよ」

と、奏汰はわざと明るく自虐ギャグを飛ばしてみせる。

が、口に出してみると、己の境遇が胸に迫った。

水島奏汰、二十二歳。

昨年無事都内の大学を卒業し、広告代理店に就職が決まったのだが、入社式と研修を終え、配属されてこれからという時に、なんと会社が倒産。

職歴わずか半年にして、早くも無職となってしまったのである。

——俺の人生って、いったい……。

ほかに内定をもらえていた企業もあったけれど、会社の規模は小さいがやり甲斐《がい》がありそうだとその会社を選んだのに、まさかこんな災難が待ち受けていたとは。

なんて運が悪いんだろう、と当初はかなり落ち込んだものだ。

あの時、選択を間違えなければ。

そんな後悔を引きずっていても、覆水盆《ふくすいぼん》に返らず。

時間を巻き戻すことなど、できはしない。

むろん、すぐ就職活動を再開したものの、新卒ではなくなった奏汰に門戸は狭く、なかなか希望条件に合う仕事は見つからない。

かくして、現在職探しをしつつ、フリーター生活を余儀なくされているのである。

「わ、飛行機乗り遅れちゃう！　行ってきます！」

「いってらっしゃい、ママ」

「尚人、お兄ちゃんの言うこと、ちゃんと聞いてね？」

「うん、わかった！」

よいお返事をした我が子を抱きしめ、知夏は「う～ん、いい子ね」とその頬《ほほ》にキスをする。

そんな仲睦《なかむつ》まじい光景を目の当たりにしていると、奏汰の胸は鈍く痛んだ。

キャリーバッグを引き、慌ただしく義母が出かけていくと、奏汰も尚人を連れて家を出る。

尚人が通う保育園までは、奏汰の家のマンションから歩いて十分ほどの道のりだ。

「にぃに、きょうもクロいたね」

手を繋いで歩きながら、尚人が塀の上で悠然《ゆうぜん》と寛《くつろ》いでいる猫を指差す。

毎朝見かける近所の野良猫を、尚人は『クロ』と勝手に名前をつけて可愛がっているのだ。

「おはよ～クロ！」

毎朝そう挨拶《あいさつ》するが、ふてぶてしいクロは片目を開けてちらりと見る程度で、人間なんぞに振りまく愛嬌《あいきょう》は持ち合わせていないぜ、とばかりにそっぽを向く。

だが、尚人は気にもせず、「かえりもいるかな？」と奏汰にあれこれ話しかけてくる。

今年五歳になる、年の離れた異母弟の尚人は、身内の贔屓《ひいき》目を差し引いても愛らしい顔立ちで、将来はさぞイケメンに成長するだろうと奏汰は予想している。

屈託がなく、友達にも分け隔てなく優しいので保育園でも人気者だ。

引っ込み思案で大人しかった自分の幼い頃とは、大分違う。

奏汰の家庭はどこにでもある、ごく普通のありふれたものだった。

だが、奏汰が小学生の時に母親が病気で他界し、ある日突然父子家庭となった。

父と二人きりの生活が、何年か続き。

その間、仕事で忙しい父の代わりに、奏汰は小さいながらも家事を手伝い、それなりに料理もできるようになった。

このまま父と二人で暮らしていくとばかり思っていた奏汰だったが、奏汰が高校生の頃、父は一人の女性を奏汰に紹介した。

『知夏です。よろしくね、奏汰くん』

それが、義母の知夏だった。

ああ、父はこの人と再婚したいのだと、その時初めて知らされた。

知夏は駆け出しのインテリアデザイナーで、父とは仕事を通じて知り合ったようだ。

まだ三十歳の彼女と、四十後半になる父は、年齢が一回り以上離れていたが、年の差はあまり気にならないらしい。

『実はな、知夏さんのお腹には、おまえの弟か妹がいるんだ』

さらなる父の爆弾発言に、奏汰はただ驚くしかなかった。

長年、一人っ子だった自分に、突然弟妹ができたのだと言われても、にわかには信じられない。

だが、子どもまで生まれるのに、二人の再婚に反対することなどできなかった。

『父さんは知夏さんと再婚したいと思っている。奏汰は許してくれるか？』

父さんは、ずるい。

本当はいやでも寂しくても、母さんのことを忘れないでほしくても、そんな言い方をされたら、許すしかないではないか。

内心の葛藤《かっとう》を押し隠し、奏汰は『当たり前じゃないか。父さん、知夏さん、しあわせになってね』と告げたのだった。

それからすぐに二人は結婚し、知夏は奏汰達が暮らしていた今のマンションに引っ越してきた。

そして尚人が生まれ、早五年。

あっという間の出来事だったような気もするし、ひどく長かったような気もする。

父は部署が異動になってから出張が多く、数日不在なのも珍しくない。

そうなると家には奏汰と知夏、尚人だけになるので、奏汰としてはやはりどうしても気を遣ってしまうのだ。

知夏は自分と年齢が一回り程度しか違わない継子《ままこ》の扱いに戸惑っているようで、今でも『奏汰くん』と呼び、なかなか呼び捨てにはできないようだ。

彼女が自分との関係に心を砕いてくれているのはよくわかるし、無邪気に懐いてくれる尚人はとても可愛い。

だが、奏汰はやはり今の家に自分の居場所がないような、一人だけ異邦人になったような気持ちをずっと引きずって生きてきた。

——就職が決まって、引っ越し資金を貯めたら一人暮らしするつもりだったのに。

大学は近かったので下宿するのは不自然だし、両親に金銭的な負担をかけたくなかったから自宅から通った。

自立し、給料が稼げるようになったら、誰にはばかることなく自分の部屋を借りよう。

それが奏汰のひそかな望みだったのに、そんなささやかな夢も、無職になったことであっけなく頓挫《とんざ》してしまった。

このままでは、いったいいつになったら家を出られるのやら。

先行きが不安で、奏汰はついため息をついてしまう。

「どしたの？　にぃに」

すると、手を繋いで歩いていた尚人が、不思議そうに見上げてきた。

「……ううん、なんでもないよ」

「ためいきつくと、しあわせがにげちゃうってママがいってたよ」

「そっか……そうだよな」

幼児に慰められるなんて、と奏汰はつい苦笑してしまう。

「尚人は小さくても、いつも男前だなぁ」

「おとこまえって？」

「う〜んと、格好いいってことかな？」

「ぼく、かっこいいの？」

大好きな兄に褒められたのが嬉しいのか、尚人がぴょんと飛び跳ねる。

するとその時、歩道を歩く二人の脇の車道を、一台のイタリア製高級車が追い越していった。

その車は保育園の前で停車し、ややあって運転席から一人の男性が降り立つ。

百八十センチはあろうかという長身で、日本人離れした足の長さで驚くほどスタイルがいい。

清潔に整えられた髪にサングラス、全身を高級そうなブランド品で固めた出で立ちは、いかにもお忍びの芸能人といった雰囲気だ。

平日の朝、保育園の送り迎えだというのに、服装にも一分《いちぶ》の隙《すき》もない。

そのままグラビアの表紙になりそうだ。

「わぁ、かっこいいひとだね」

尚人も同じ思いだったのか、奏汰のジーンズを引っ張ってそうはしゃいでいる。

「そうだね」

尚人の通う保育園はごく普通の公立で、セレブが通う私立ではないのだが、と男性のあまりの場違い感に奏汰は首を傾《かし》げる。

男性は次に後部座席のドアを開け、チャイルドシートから一人の幼児を降ろした。

尚人とお揃《そろ》いの保育園のスモックを着た、愛らしい顔立ちの子だ。

だが、その表情はなぜか硬く、いかにも不機嫌そうだった。

男性は幼児になにごとかを話しかけたが、子どもはぷいっとそっぽを向いて返事をしない。

あきらかに険悪な雰囲気で、親子ゲンカかなと、つい見守っていると、突然その子がタタッと走り出した。

スマホでどこかへ電話をかけていて、反応が遅れた男性をよそに、子どもは一目散にこちらに向かって走ってくる。

どうやら保育園へ行くのがいやらしい。

「きみ！　その子を捕まえてくれ……！」

男性がそう叫び、奏汰は周囲に人の姿がなく、それが自分に向けられた言葉だと気づく。

事情はわからないが、とにかく小さい子一人で行かせるのは危ないと判断し、奏汰はしゃがんで子どもを腕の中に受け止めた。

突然見知らぬ青年に抱っこされ、子どもは驚きのあまり固まっている。

目近で見ると、さらさらの黒髪にはっと人目を引く整った顔立ちの子で、大きな瞳が印象的だった。

奏汰の抱っこがうまかったせいか、子どもはしばらくされるがままだったが、やがて我に返ったのか猛然《もうぜん》と暴れ始めた。

「落ち着いて。急に走ったら転んで危ないし、パパが心配してるよ？」

優しくそう話しかけ、宥《なだ》めるようにその小さな背中を摩《さす》ってやると、子どもは少し大人しくなった。

そして、「……パパなんかじゃない」とぼそりと呟《つぶや》く。

「え……？」

聞き間違いかと思っていると、そこへようやく走ってきた男性が追いついた。

「晴《はる》、なぜ逃げる？　ちゃんと保育園へ通うと、私と約束したはずだろう」

「……」

男性に淡々と叱《しか》られ、晴と呼ばれた子はうつむき、唇《くちびる》を噛んでいる。

が、頑として返事をしないので、男性があきれた様子でため息をついた。

「言うことを聞けないなら、勝手にしなさい。保育園へも一人で行くといい」

あまりに男性の反応が素っ気なかったので、間に挟まれた奏汰はハラハラしたが、泣くかと思いきや、晴は唇をへの字にして我慢している。

「ま、まぁ、そう怒らないであげてください。晴くん……っていうのかな？　保育園初めてで、ちょっと緊張しちゃっただけなんだよね？」

奏汰がそう助け船を出すが、晴はそれにも応えない。

困ったなと思っていると。

「はるくん？　ぼく、なおと！　いっしょにいこうよ！」

傍らにいた尚人が明るく話しかけ、晴の小さな手を取って歩き出した。

晴の方は、初対面なのに屈託のない尚人に驚いたのか、されるがままだ。

小さな二人が手を繋ぎ、とてとてと歩き出したので、奏汰も後を追う。

すると、男性もついてきた。

「きみは、あの子の保護者なのか？　それにしては若いな」

「い、いえ、兄です。今日は義母の都合がつかなかったので、代わりに」

「……そうか。とにかく、助かった。見ての通り、私の言うことはなに一つ聞いてくれなくてね」

「た、大変そうですね……」

返答に困り、奏汰は愛想笑いで誤魔化《ごまか》す。

「ところでお迎えというのは、少し遅れても大丈夫なのだろうか？」

「遅れそうな時は、事前に電話を入れないといけない決まりになってるみたいです」

「そうなのか……参ったな」

どうやら男性は、そんな初歩的なことも知らないらしい。

――もしかして、子どもを育てたことないのかな？

気にはなったものの、そこで保育園へ着いてしまう。

「今日からこちらでお世話になります、加賀見《かがみ》です。よろしくお願いします」

と、加賀見と名乗った男性が保育士に挨拶していると、子どもを送ってきた母親が声をかけてくる。

「あ、あの、加賀見皓一郎《こういちろう》さんですよね？　テレビでいつも観てます～！　きゃ、どうしよう」

「一緒に写真撮ってもらえます？」

「いいですよ」

爽《さわ》やかな笑顔で快諾《かいだく》した皓一郎を中心に、若い母親達がこぞって写真撮影を始める。

「誰？」

「ほら、レストランチェーンで有名な、あのリストランテ・カガミの御曹司《おんぞうし》よ。よくテレビに出てるじゃない」

「ああ、どこかで見たことあると思ったわ。最近タレントシェフみたいになってるわよね」

「本業は加賀見グループの副社長だけど、企業の広告塔の役目を果たしてテレビに出てるって、前にバラエティ番組で言ってたわよ。でも実物もイケメンよねぇ～格好いい！」

——そうか、どこかで見たことがあると思ったの、気のせいじゃなかったんだ。

加賀見皓一郎。

確か、三十二歳にして父親の経営するイタリアンレストランチェーンを含める、加賀見グループの副社長を務め、最近度々テレビでその美貌《びぼう》を見かける有名人だ。

海外留学経験あり、高学歴高収入の上、調理師免許まで持っているという。

見るからにセレブを絵に描いたような高級品で身を包み、高級外車で保育園に乗りつけた姿は明らかに浮いていたが、当人は一切気にしていないらしく、笑顔で写真撮影に応じている。

「ほんとほんと、その辺の下手な芸能人より美形よね。私も写真撮ってもらおうっと」

「あら、でも独身だって聞いてたけど、お子さんいたのかしらね」

そんな母親達のひそひそ話が聞こえたのか、別の母親達と写真を撮り終えた皓一郎がこちらを見て微笑《ほほえ》む。

それはまさに百万ドルの完璧な笑顔で、母親達の間からほぅ……という感嘆の吐息が漏れた。

「晴は私の甥です。事情があってしばらく預かることになりました。皆さん、仲良くしてやってください」

「ま、まぁ、そうですか。それは大変ですね」

「もちろんです。晴くん、うちの子と遊んであげてね」

母親の一人がそう晴に声をかけるが、晴は相変わらず硬い表情で答えない。

「晴、皆にご挨拶しなさい」

皓一郎がそう促しても無視で、周囲に微妙な空気が漂い始めると、それを取りなすように尚人のうさぎ組担任の美帆《みほ》先生が声を上げる。

「皆〜今日からうさぎ組に新しいお友達がやってきたよ〜。晴くんです。仲良くしてあげてね」

「は〜い！」

先生の声かけに、周囲にいた園児達は小さな右手を挙げて口々に返事をしたので、とりあえずその場は穏便《おんびん》に収まった。

「では、収録の時間が迫っているので、私はこれで」

まるで舞台上であるかのように優雅に一礼し、母親達がその所作の美しさに見とれているうちに、皓一郎は外車で走り去っていった。

見ると、晴はそんな彼をじっと見つめている。

——大丈夫かな。

なんだか皓一郎も晴も、どちらも危なっかしくて、妙に気になった。

とはいえ、自分もバイトの時間があるので、奏汰は尚人にバイバイと手を振り、元来た道を走り出したのだった。


今日はコンビニのバイトがあったので、尚人のお迎えは閉園時間ぎりぎりになってしまった。

尚人が待っていると、バイト帰りのその足で急いで向かい、なんとか三分前に到着する。

「はぁ、間に合った」

肩で息を切らしつつ、園内へ上がっていくと、今日はその時間まで残っている園児は尚人と、今朝知り合ったばかりの晴だけだった。

「あ、にぃにだ！」

二人で車の玩具《おもちゃ》で遊んでいた尚人が嬉しそうに駆け寄り、奏汰の腰に抱きつく。

その姿を見て、晴が寂しそうにうつむいたのを、奏汰は見逃さなかった。

「美帆先生、ありがとうございました」

「いえいえ。あ、ちょっとお待ちくださいね」

そこへちょうど電話がかかってきて、美帆が応答する。

「はい、わかば保育園です。ああ、加賀見さん……え？　でもうちは夜七時までという決まりですので、困ります。時間までにお迎えに来ていただかないと」

漏れ聞こえてきた会話から推察《すいさつ》するに、どうやら加賀見はまだ迎えに行かれないと時間延長を願い出たようだ。

「そう言われましても、規則は規則ですので……」

美帆が困っていると、尚人が奏汰のジーンズを引っ張る。

「はるくんのおむかえ、こられないの？」

「え……ああ、そうみたいだね」

すると、尚人は晴に向かってにっこりした。

「そしたら、おむかえくるまでうちであそんでればいいよ。はるくん、いっしょにいこ？」

「いや、でも……」

保護者の了解なく、勝手にそんなことはできないと思ったが、美帆も困っているようだし、と一応提案してみることにする。

「あの、加賀見さんさえよろしければ、お迎えに来られるまで、うちで晴くんをお預かりしましょうか？」

美帆に電話を代わってもらい、話をすると、加賀見の方は願ってもないという反応だった。

携帯番号とメルアド、それに自宅の住所を伝えて電話を切り、奏汰は晴に向かって右手を差し出す。

「晴くん、加賀見さんの許可がもらえたんだ。よかったらうちで遊んでいくといいよ」

「……」

大きな瞳でじっと奏汰を見つめた晴は、なにか物言いたげだったがきゅっと唇を結ぶ。

「はるくん、いこ！」

すると尚人が小さな手で晴の手を引っ張ったので、晴も渋々歩き出した。

「きょうはね、はるくんとたくさんあそんだんだ～。たのしかったね」

「……べつに」

どうやら尚人は晴のことをかなり気に入った様子だが、晴の方は幼児とは思えぬクールぶりだ。

そのテンションの差が、見ていて面白い。

「ここが、ぼくとにぃにのおうちだよ」

保育園から歩いて十分ほどの距離にある自宅に戻ると、尚人がそう解説する。

奏汰達の自宅は、築十五年になるごく平均的なマンションで、そこの五階だ。

父が三十五年ローンを組んで購入したこのマイホームに、母はわずか数年しか住めなかった。

そのことを思い出し、奏汰は少しセンチな気分になる。

「さぁ、二人とも手を洗ってきて。ちゃんとうがいもしてね」

「は～い」

尚人が率先して晴を洗面所に連れていき、二人で手洗いを始める。

その間に、奏汰は急いでキッチンに向かった。

父は今夜も仕事で帰りが遅く、夕飯はいらないと言われているので、尚人と二人だ。

あらかじめタイマーでセットしておいた米はちゃんと炊き上がっているし、昨日作っておいたカレーを温め直す。

――でも、晴くんに勝手に夕飯食べさせちゃっていいのかな？

アレルギーなどがあったら大変なので、一応さきほど聞いておいたアドレスにメールしてみると、ややあって『アレルギーはないのでよろしくお願いします』と返信が来た。

「にぃに、ちょっとだけゲームしていい？」

「いいけど、ゲームは……」

「いちにちいちじかんまで、でしょ？　わかってるよ〜」

いつも奏汰に言われているセリフを横取りし、尚人がきゃっきゃとはしゃいでいる。

どうやら、晴を自宅に招いて、かなりテンションが上がっているらしい。

「晴くん、加賀見さんに夕ご飯食べていいってお許しもらったから、よかったら一緒に食べようよ。カレーは好き？」

「……」

夕食に誘われるとは思っていなかったらしく、晴は一瞬挙動不審になるが、「……すき」と小声で返事をしてくれた。

「よかった。尚人の好きな甘口だよ。ゲームして、もう少し待っててね」

二人がテレビゲームに夢中になっている間に、手早く生野菜を洗って簡単なサラダを作る。

「お待たせ、できたよ」

「わ〜おいしそう！　いただきまぁす！」

尚人が元気よく挨拶すると、並んで椅子《いす》に座った晴もつられてモゴモゴと「……ます」と聞き取れないような小声で続く。

「はい、どうぞ召し上がれ」

「にぃにのカレー、おいし〜い！」

子ども用甘口カレールーで作った、奏汰特製ビーフカレーは、尚人の大好物なのだ。

「そうか、よく嚙んで食べるんだぞ。慌てなくてもお代わりあるからね」

はふはふと、幼児用スプーンでおいしそうにカレーをぱくつく二人を、じっと見守る。

晴は奏汰のことが気になるのか、カレーを頬張りながら、ちらちらと上目遣いにこちらの様子を窺《うかが》っている。

なんだか落ち着かないその様子に、奏汰は晴がまだ今の環境に慣れておらず、それがストレスになっているのではないかと思った。

だが、他人の家庭を詮索するような真似もできず、なにも聞けない。

「おいしかったぁ、ごちそうさまでした！」

綺麗にカレーを平らげ、満足げな尚人が言うと、晴も真似して「……でした」と呟く。

どうやら晴も、奏汰のカレーは気に入ったようだ。

「ねぇねぇ、はるくんのおたんじょうびはいつ？」

「……11がつ20にち」

「ぼくは8がつ18にち。そしたら、ぼくのがさんかげつおにいちゃんだね！」

人に会うと、誰彼かまわず誕生日を尋ねるのが、最近の尚人のマイブームだ。

自分が一番下のせいか、弟が欲しくてたまらないらしく、数ヶ月先に生まれた生まれないで、途端にお兄さん面をするので微笑ましい。

「ぼくのがおにいちゃんだから、なんでもいってね」

「……そんなの、かわんない」

お兄さんぶりたい尚人が、素っ気ない晴の一言で撃沈されてしまったので、見ていておかしくてたまらない。

奏汰が食後のデザートに林檎《りんご》をウサギに剝《む》いていると、玄関のインターホンが鳴った。

「はい」

モニターで応答すると、カメラには見覚えのある伊達男《だておとこ》が映っていたので、走っていって玄関の鍵を外した。

「加賀見です。この度はご迷惑をおかけしました」

「いえ、どうぞ。今、晴くんデザート食べてるので、よかったらお上がりください」

急かして食べさせるのもかわいそうなので、加賀見にそう勧める。

「これ、大したものではありませんが」

気を遣ったのか、皓一郎は途中で買ってきたらしい洋菓子店の紙袋を差し出す。

「ご丁寧に、かえってすみません」

恐縮しながらそれを受け取り、奏汰はダイニングの晴に声をかける。

「晴くん、加賀見さんがお迎えに来たよ」

だが、晴はちらりとこちらを見ただけで、淡々と林檎を囓《かじ》っている。

いかにも『家には帰りたくないです』といった反応に、間に挟まれた奏汰も気まずくなってきた。

「晴、それをいただいたら帰る支度をしなさい」

「……」

皓一郎の言葉には、相変わらず無反応だ。

すると仕事で疲れているのか、皓一郎がため息をついた。

「私の言うことは、なに一つ聞けないのか。いったいなにが気に入らない？　言ってみなさい」

「……」

ひたすら、無言で抵抗する晴に、皓一郎もほとほと困り果てているようだ。

「ええっと……よかったらお茶でも……」

「いえ、お気遣いなく」

そう応じた後、皓一郎は立ったままリビングを見回した。

「立ち入ったことを聞くが、ご両親は？　弟さんの面倒はいつもきみが見ているのか？」

奏汰が一回り近く年下なせいか、皓一郎は敬語を使うのをやめ、そう尋ねる。

「いえ、そういうわけじゃないです。義母が在宅でフリーのインテリアデザイナーをしてまして、普段は義母が送り迎えをしてるんですけど、忙しい時だけ俺がピンチヒッターで」

「……そうか。優しいお兄さんがいて、尚人くんはしあわせだな」

言いながら、皓一郎は時間がないのか腕時計を確認する。

「晴、早くしなさい」

再びそう促すが、林檎を食べ終えた晴は椅子からは下りたものの、なぜか奏汰の後ろに隠れてしまった。

「晴くん……？」

「……やだ。あのひといるなら、かえりたくない」

奏汰の足の後ろから、晴がようやくそう自己主張する。

――あの人……？

いったい誰のことなのだろう、と奏汰が不思議に思っていると、渋面《じゅうめん》の皓一郎がお手上げのポーズで額《ひたい》に片手を当てた。

「安心しなさい。森《もり》さんには辞めてもらった。あの人はもう、うちには来ないよ。だから今日は私が送り迎えをしたんじゃないか」

「……」

そう説明しても、晴は奏汰にへばりついて離れようとしない。

「新しいシッターさんは早急に探してもらっている。次はきっといい人が見つかるから、それまで我慢しなさい」

「……やだ」

見ると、晴はわずかに涙ぐみ、必死に泣くのを堪《こら》えている。

皓一郎と晴の押し問答が続き、見かねた奏汰が恐る恐る声をかけた。

「あの……晴くん、よかったらまた遊びにおいで。いつでも、来たい時に来ていいからね」

しゃがんで目線を合わせ、そう告げると、口をへの字に曲げて泣くのを我慢していた晴は、「……ほんとに？」とか細い声で聞いた。

「うん、ほんと。尚人も晴くんと遊びたいって言ってるし、楽しみにしてるね」

するとその時。

突然皓一郎の身体がぐらりと傾いで、彼はソファーの背もたれを摑んで危うく倒れるのを防いだ。

が、そのまま床にがっくりと膝《ひざ》を突いてしまう。

「加賀見さん？　どうしたんですか⁉」

「……なんでもない。ちょっと目眩《めまい》がしただけだ」

平静を装おうとする彼の顔色は蒼白で、明らかに具合が悪そうだ。

「ちょっと失礼」

奏汰は咄嗟《とっさ》にその額に手を当ててみると、案の定火のように熱かった。

「わ、すごい熱じゃないですか。病院に行かないと」

「大したことはない。このところ忙しかったんで、少し疲れが溜まっているだけだ」

口ではそう虚勢《きょせい》を張りつつ、皓一郎は見るからにつらそうだ。

「晴、帰るぞ」

具合の悪そうな皓一郎に晴が不安げな表情になったので、奏汰は考えるより先に口が動いていた。

「だ、駄目ですよ。インフルエンザかもしれないし、晴くんに移ったら大変じゃないですか」

「しかし……」

「加賀見さんはすぐ病院に行ってください。今夜はうちで晴くんを預かりますから」

「え……？」

「俺が世話するんじゃ心配かもしれないけど、これでも尚人の面倒はよく見てるので」

奏汰の申し出に、皓一郎は戸惑いの表情を隠せない。

「しかし……そこまで初対面のきみに甘えるわけには……って、夕飯をご馳走になっておいて今さらか」

「そうですよ。同じ保育園のよしみじゃないですか。困った時はお互いさまです」

ね？　と奏汰がわざと明るく言うと、皓一郎はようやくふらつきながらも立ち上がった。

「……すまない、本当に助かる」

彼の話では行きつけのクリニックで点滴を打ってもらえば回復するという。

どうやら多忙を極める彼は、体調を崩した時の対処法があるようだ。

「明日の送り迎えは、尚人と一緒に俺がしておきます。皓一郎さんは一晩ゆっくり休んで、体調を回復させてください」

「わかった。また連絡する」

さすがに明日の夕方のお迎えは自分が来るからと言い残し、皓一郎は次に晴に向かって告げる。

「晴、水島さんの言うことをよく聞くんだぞ」

「……」

晴はなにか言いたげだったが、結局なにも言わずにうつむく。

その反応に、少し寂しそうな表情になった皓一郎は自分のスマホでタクシーを呼んだ。

自分で運転するのは危ないので、車は近くのコインパーキングに停め、彼はタクシーでクリニックへ向かった。

——ちょっと、出しゃばっちゃったかな？

彼が行ってしまってから、奏汰は自分の言動を思い出して後悔する。

両親に知られたら、簡単によそさまのお子さんを預かるなんてと叱られるかもしれない。

だが、ただでさえ微妙な雰囲気だったのに、具合の悪い皓一郎に晴の面倒を見させる気にはなれなかったのだ。

「さぁ、それじゃ今日はうちでお泊まり会だよ。皆でお風呂に入ろうか」

「わ〜い、はるくん、おとまりおとまり！」

尚人は無邪気に喜んでいるが、晴は突然のなりゆきにどうしていいかわからないらしく、固まっている。

少しでも彼の緊張を解すために、奏汰はしゃがんで目線を合わせ、優しく言った。

「遠慮せずに、言いたいことはなんでも言っていいんだよ。我慢しなくていいんだ」

「……」

「自分でお洋服脱げる？」

うん、と晴がこっくりしたので、奏汰は任せることにした。

さて、尚人とはよく一緒に風呂に入っているが、幼児二人同時というのは初めてで、なかなかの難問だ。

袖《そで》まくりした奏汰は、服を着たままバスルームへ入り、まずは一人ずつ小さな身体を手早く洗ってやる。

「かなちゃんは、いっしょにはいらないの？」

「後でね。はい、出来上がりっと」

まず尚人を洗い終え、湯船に浸からせて、それから晴だ。

「ちゃんと肩まで浸かって、五十数えるんだぞ」

「は～い」

いつも同じことを言われ慣れている尚人は、可愛い声で「い～ち、に～い……」と始めるが、晴はそんな習慣がないのか、また困惑げだ。

晴が洗い終わると尚人を湯船から出し、交代で晴を浸からせてから、尚人に愛用のシャンプーハットを被せる。

「はるくんにも、シャンプーハットかしてあげるね」

無事髪を洗ってもらうと、尚人がお兄さんぶって、愛用のシャンプーハットを晴の頭に被せてやる。

「尚人は泡が目に入ると、痛くて泣いちゃうんだもんな」

「あ〜それ、はるくんにいっちゃだめぇ！」

「はは、ごめんごめん」

大騒ぎの中、奏汰は次に晴の髪を丁寧に洗ってやった。

初めは緊張で身を硬くしていた晴だったが、次第に慣れてきたのか気持ちよさそうだ。

「はい、そしたらもう一度ちゃんと温まってね」

幼児二人の世話はなかなか骨が折れて、奏汰は二人が湯船に浸かっている隙にタオルや着替えを用意した。

が、ここからがまた大変だった。

「こら、二人ともちゃんと身体拭いて！」

テンションの上がった尚人と晴が、裸のまま廊下をダッシュしてしまうので、奏汰は慌ててバスタオル片手に二人を追いかけ回す羽目になる。

ちびっこ怪獣を両手で捕獲し、わしゃわしゃと身体を拭きまくってなんとかパジャマを着せ、ドライヤーをかけ終えると、さすがに疲れてぐったりとしてしまった。

子育ては体力勝負というが、まさにその通りだと実感する。

二人がリビングでお風呂上がりのミルクを飲んでいる隙に、奏汰は超特急でシャワーを浴びて戻ってきた。

尚人は、いつも両親の寝室で一緒に寝ているのだが、今日は晴がいるので、少し狭いが奏汰の部屋のベッドに、三人で川の字になって寝ることにする。

「にぃに、はやくはやくぅ！」

二人が仲良く歯磨きをしている間に急いでシーツを替えるが、やがて戻ってきた尚人がベッドの上で飛び跳ねて大変だ。

「は～い、いい子でねんねしない子は、一人で別の部屋に寝てもらいま～す」

「そんなの、やぁだぁ～」

「じゃ、お布団入って。さ、晴くんも」

「……」

尚人のパジャマを借りた晴は、もじもじとして布団に入ろうとしない。

もしかして、大人と寝るのに慣れていないのだろうかと気づく。

「加賀見さんとは、一緒に寝てないの？」

「……もうおおきいから、ひとりでねなさいっていわれてる」

「……そうなんだ」

まだ四歳で、慣れない環境に変わったばかりで一人で寝かされているなんて、と奏汰は晴がかわいそうになってしまった。

「にぃに、ごほんよんで！」

「いいよ。どれがいい？」

尚人がお気に入りの絵本を持ってきたので、二人が見やすいように奏汰が真ん中になり、絵本の読み聞かせを始める。

「昔々、あるところに大きな象さんがいました……」

すると、尚人は奏汰に頬が触れるくらいぴったりくっついてくるが、晴は少し距離を置いて布団の中で身を硬くしたままだ。

「晴くん、もっとこっちおいで」

見えないだろうと、奏汰はその小さな身体を抱き寄せ、自分の胸の上に頭を乗せてやる。

他人に触れられるのに慣れていないのか、晴は初め硬直《こうちょく》していたが、やがて少し時間が経つとおずおず尚人の真似をして覗《のぞ》き込み、絵本に見入っている。

なるべく穏やかな声でゆっくり読んでやると、お泊まりではしゃいだせいか、二人ともこてんと眠ってしまった。

――はぁ……今日はなんだか、いろいろ盛りだくさんだったなぁ。

ようやく一息つけたが、ぴったりくっついている二人を起こすわけにもいかないので、奏汰もこのまま眠ることにしたのだった。


「ん……」

翌朝、セットしておいたスマホのアラームが鳴り出す。

いつもの時間に起床した奏汰は、寝ぼけ眼《まなこ》のまま起き上がろうとしたが、なぜか身体が動かない。

不思議に思って見下ろすと、自分の肩口から胸許に乗っかるような格好で、左右から尚人と晴がしがみついていた。

なるほど、これでは起き上がれないはずだ。

しかし、昨日は緊張し、借りてきた猫のようだった晴が、自分の上で心地よさそうに寝息を立てている姿を見ると、なんとなく嬉しくなる。

「朝だよ～起きて」

「う～ん……おはよ」

さぁ、再び慌ただしい一日の始まりだ。

まだ眠くて布団の中でモゾモゾしている子ども達を起こし、奏汰は急いで二人の着替えと洗顔を手伝ってからキッチンへ向かった。

まずは食パンの上にケチャップを塗り、とろけるチーズをパラパラと散らしてトースターで焼いておく。

チン、と軽やかな音を立てて、トースターが出来上がりを知らせてくれる。

「二人とも、ピザトースト焼けたよ」

「は～い！」

簡単だが、奏汰得意のこのピザトーストは尚人の大好物なのだ。

それにカップスープを添えて、簡単な朝食の出来上がりだ。

「いただきまぁす！」

二人がダイニングテーブルでピザトーストをぱくついているうちに、奏汰は保育園へ出かける準備を済ませた。

まだ時間に余裕があったので、デザートのバナナを剝いてやる。

「にぃに、ひとくち～」

バナナを剝くと、いつも尚人がそうやって食べさせてほしがるので、奏汰は「しょうがないな」と言いながら一口大に輪切りにした一切れをフォークで刺し、尚人の口へ入れてやる。

「おいし～」

晴がそれをうらやましげに眺めていたので、奏汰はもう一つを差し出した。

「はい、晴くんも、あ〜んして」

「……あ〜ん」

つられて言うことを聞いてしまった晴の小さな口に、バナナを入れてやると、晴もおいしそうにそれを頬張った。

他人にうまく甘えられないだけで、晴も本音では尚人のように手放しに甘えたいのだろう。

だが、あの皓一郎の対応では、それは難しそうだ。

反抗的な態度は、大好きなのに甘えさせてくれない皓一郎への抗議に思えてしかたがなかった。

——世話はマニュアル通りにしてるみたいだけど、甘やかすって感じが微塵《みじん》もなかったもんなぁ……。

ドライというかなんというか、四歳児を相手に大人同様に接しているように見える。

そんなことを考えながら、奏汰は自分も立ったまま急いでピザトーストを囓り、バタバタと支度して二人を連れ、なんとかいつもの時間に家を出る。

「尚人、晴くんと手を繋いで。ちゃんと歩道の内側を歩くんだよ？」

「は〜い」

晴と一緒でご機嫌の尚人は、その小さな手を取り、元気よく歩き出す。

無事保育園に着くと、奏汰は晴に声をかける。

「加賀見さんから連絡がなかったら、またお迎えも俺が来るから。尚人と一緒に待っててね」

すると晴が、なにか言いたげに奏汰を見上げ、それからうん、とこっくりした。

素直になると可愛くて、微笑ましい。

それから奏汰は自分も急いでバイト先に向かった。

義母は今日の夜には戻る予定なので、夕飯の支度をしておいてあげようか。

そんなことを考えながら歩いていると、不意にスマホが鳴る。

表示を見ると皓一郎からだったので、奏汰は急いで応答した。

「もしもし、体調の方はいかがですか？」

『おかげさまで、点滴を打ってもらって一晩休んだら熱も下がった』

「そうですか。よかった……」

彼の体調も心配だったので、奏汰はそれを聞いてほっとする。

加賀見は夕方のお迎えには自分も行くからと告げ、電話を切った。

いずれにしても、奏汰も尚人を迎えに行かなければいけないので、夕方バイトを切り上げると、
また加賀見から電話がかかってくる。

『加賀見です。今、どこに？』

「ちょうどバイト終わって、これから保育園に向かうとこです」

最寄りの駅名を言うと、皓一郎は近くにいるので車で迎えに行くと言い出した。

電車で行くから大丈夫だと遠慮したが、さんざん世話をかけたのだからと強引に押し切られ、それではと甘えることにする。

約束の場所でしばらく待っていると、派手な高級外車で横付けされた。

深紅《しんく》の車体が目立ち、周囲の人々の視線が自分に集中しているような気がして恥ずかしい。

運転席の皓一郎が窓を開け、サングラスを外しながら「さぁ、乗って」と促す。

「……お、お邪魔します」

こんな高級車に乗るのが初めての奏汰は、恐縮《きょうしゅく》しながら助手席へ乗り込んだ。

「晴の様子はどうだった？　迷惑をかけたのでは？」

車は軽快に加速し、ハンドルを操作しながら皓一郎が話しかけてくる。

「いいえ、落ち着いてましたよ。ぜんぜんワガママを言わないので、うちの尚人よりよっぽど手がかからないいい子ですね」

「……そうか。今回は本当に助かった。礼を言わせてくれ」

「そんな、大したことはしてないですよ。困った時はお互いさまですし」

そんな話をしているうちに、車は保育園へ到着する。

皓一郎を車に残し、奏汰が代表して二人を迎えに園内へ入っていった。

「あ、にぃにだ！」

奏汰の姿を見つけると、兄大好きな尚人が飛んでくる。

「今日もいい子にしてた？」

「うん！　はるくんといっしょにいっぱいあそんだよ！　ね、はるくん？」

尚人の言葉に、そばにいた晴もこくりと頷《うなず》く。

どうやら、二人はだいぶ打ち解けたようだ。

「晴くん、加賀見さんもお迎えに来てくれたよ。さぁ、一緒に行こう」

そう言うと、晴は明らかに落胆した表情になった。

皓一郎と二人きりの家に、帰りたくないのだろうかと思うと、なんとなくかわいそうになってしまう。

それでも二人を連れて皓一郎の車まで向かうと、彼は運転席から降りてきた。

「晴、面倒を見てもらったお礼を言いなさい」

「……」

皓一郎にそう促されるが、晴は奏汰のジーンズを小さな手で握り締め、後ろに隠れてしまう。

「晴くん、どうしたの？」

晴が自分から離れようとしないので、困ったなと思っていると、皓一郎がふいに口を開く。

「……きみ、失礼だが仕事はなにを？」

「それは、その……」

唐突な質問に面食らったが、嘘をつくわけにもいかず、奏汰は入社したばかりの会社が倒産し、就職浪人中であることを明かした。

「それは好都合《こうつごう》だ……と言っては失礼だったかな」

「え……？」

「きみさえよければ、晴のシッターとして雇いたい。報酬《ほうしゅう》は相場《そうば》の倍支払う。どうか、引き受けてくれないだろうか？」

皓一郎の説明によれば、さすがに若い女性を住まわせるのはいろいろと問題があるので、住み込みで来てくれる男性のシッターを探していたらしいが、なかなか条件の合う人物が見つからなかったようだ。

「前のシッターにはまったく懐かなかった晴が、きみとはたった一日一緒にいただけでこんなに心を許しているようだ。よほどきみのことが気に入ったんだろう。できれば、晴が気に入った人にシッターをお願いしたいんだ。これから一ヶ月ほど、仕事の都合で今まで以上に忙しくなる。できれば住み込みで、晴の面倒を見てくれる人を探していた」

こんなに急な話なのは、実は前のシッターが皓一郎に近づくために応募してきたらしく、ろくに晴の世話をしていなかったかららしい。

「そんな、ひどい……」

皓一郎は有名人なので、そんな目的で近づく女性もいるのかもしれないが、そのために晴をダシにするなんてひど過ぎると思った。

「晴はあの調子だから、自分からはなにも言わなくて、なんとなく様子がおかしいと設置したウェブカメラの映像でわかったんだ。保育園入園前に晴に慣れさせるために通ってもらっていたんだが、すぐその場で辞めてもらったので、結局保育園初日は私が連れてくるしかなくて」

だから皓一郎は、まさか自分が送り迎えをするとは思っていなかったから、保育園のことをなにもわかっていなかったようだ。

この不器用な二人を、なんだか放っておけない。

奏汰はそう思ってしまう。

――それに……敷金貯められたら、家を出られる日が早くなるし。

一日でも早く自立したい気持ちが強い奏汰にとって、その破格の報酬はかなり魅力的だった。

「でも俺、ただ弟の世話に慣れているっていうだけで、保育士の資格とか持ってないけど、いいんですか?」

「適任が見つかるまでの間だけでもいい。晴が保育園の間は、好きにしてもらってかまわない。きみだって、次の就職先を探したりするのに、時間に自由が利く方が便利だろう?」

どうしよう、と迷いつつ、奏汰がふと晴を見ると、晴は『どうか引き受けると言って』と言いたげな表情でじっと奏汰を見上げている。

やっぱり、この不器用な二人を放ってはおけない。

重ねて言われ、奏汰はそこまで言ってくれるのなら、と引き受ける決心をした。

「わかりました。俺でお役に立てるかどうかわかりませんけど、よろしくお願いします」

そうと決まると、皓一郎の決断は早く、その足で奏汰の自宅を訪ね、ちょうど帰宅したばかりの義母に、奏汰を住み込みのシッターとして雇いたいと申し出てくれた。

「え……にぃに、はるちゃんちのこになっちゃうの？」

それを聞いて、一番ショックを受けたのは尚人だ。

今までずっと一緒で、よく面倒を見てくれた奏汰が家からいなくなるなんて、尚人にとっては到底受け入れがたいことだったようだ。

「そうじゃなくて、これはお仕事なんだ。ごめんよ。でも加賀見さんは忙しいし、すごく困ってるんだ。あんな状態の晴くんを、一人にしておいたらかわいそうだろう？」

「……」

「晴くんちはここから近いし、ときどき戻ってくるから」

そう慰めたが、尚人は納得いかない様子で拗《す》ねてしまった。

とはいえ、仕事として引き受けたので、奏汰は後ろ髪を引かれつつも当座の着替えや身の回りのものをバッグに詰めて荷造りし、そのまま皓一郎の車へと乗り込んだのだった。

「ここだ」

皓一郎が住んでいるのは、奏汰の自宅から歩いて三十分、車で十分ほどの距離にある高層マンションだった。

近所でもセレブ御用達《ごようたし》といわれている、超高級マンションである。

噂では、芸能人が多く住んでいるらしい。

地下駐車場に車を停め、降りると、皓一郎が奏汰に問う。

「きみ、免許は？」

「持ってますけど、最近あまり乗ってなくて」

自宅には父の車があり、大学在学中に一応免許は取っておいたのだが、乗る機会がなくてほとんど運転していなかった。

「三台あって、どれも左ハンドルなんだが乗れそうか？」

と、皓一郎が地下駐車場の一角を指し示す。

見れば、今日乗ってきた深紅の派手なイタリア製高級車に、同じメーカーのスポーツタイプでツーシーターのオープンカーがもう一台、そしてさらにドイツ製の重厚な高級車と、どれも一千万クラスの車ばかりだったので奏汰は仰天《ぎようてん》する。

晴の送迎のために無理やり設置しているが、明らかにチャイルドシートが不似合いな車種だ。

「む、無理ですっ、俺の運転技術だと、傷つけちゃいそうで」

「ふむ。では安全のために、送り迎えはタクシーで頼む」

「タクシーですか？　毎日、行き帰りに？」

その提案にも度肝《どぎも》を抜かれた奏汰だが、冷静に考えてみれば、この高級外車のバンパーを擦っただけで、タクシー代より修理代の方が遙《はる》かに高くつきそうだと気づく。

それに皓一郎が調べたところによると、子どもの送迎専用のチャイルドシート付きタクシーなるものが存在するらしい。

「わ、わかりました……」

それでも、妙に精神的負担を感じてしまう、超庶民《しよみん》の奏汰だ。

そういうわけで、皓一郎がその場で電話をかけて先方と契約し、チャイルドシート付きタクシーでの保育園への送り迎えが決まった。

それから直通エレベーターに乗り込み、皓一郎が最上階のボタンを押す。

──さ、最上階って、ペントハウスとかだよね？

分譲なら、恐らく二億は超えるのではないか。

裕福なのだろうとはわかっていたが、桁違いのセレブっぷりに、奏汰は内心青くなる。

「ここだ」

「お、お邪魔します……」

大理石張りのモダンな玄関で靴を脱ぎ、長い廊下を通ってまずリビングへ出るが、二十畳以上はあろうかという広さだ。

一面ガラス張りの窓からは、都内の百万ドルの夜景が一望できた。

「わぁ……綺麗ですね……」

それから室内を案内してもらったが、どこも人が住んでいるとは思えないほど片付いていて、まるでモデルルームのようだった。

聞けば、週に二度ほど清掃業者が入っているらしい。

「細かい契約書は、用意しておくから明日にでも署名捺印してくれ。一番守ってほしいのは、リビングに晴の玩具を放置しないことだ。玩具を広げるのは子ども部屋だけに徹底してほしい」

と、そこで彼はリビングに鎮座《ちんざ》している、大人十人は座れそうなL字型巨大ソファーを指差す。

「あれはイタリアの家具メーカーに特注で作らせたものだ。いやらしい話だが、国産車一台買えるくらいの値段なので、間違ってもいたずら描きなどさせないように」

「わ、わかりました」

どうやら皓一郎は、そのきっちりとした服装から見てもわかるように、自身の生活スタイルにかなりこだわりがあるらしい。

晴に与えられた部屋も見させてもらったが、こちらは十畳ほどの洋室を急遽《きゅうきょ》子ども部屋にしたようだ。

小さな晴のベッドと、まだ段ボール箱に入ったままの着替えや日用品、それに玩具がぽつりぽつりと床に散らばっていて、なんだか物寂しい光景だった。

「きみの部屋は、申し訳ないが納戸《なんど》代わりに使っている、ここの向かいになる」

と、皓一郎は廊下を挟んだ部屋のドアを開けて中を見せてくれる。

こちらは確かにスキー関連やファンヒーターなどの季節用具が収納されている部屋らしく、新品の折り畳みベッドが置かれていた。

これは、シッター用に用意していたもののようだ。

「あの、このベッドを子ども部屋に運んで、夜は晴くんと一緒に寝てもいいですか？」

奏汰がそう切り出すと、皓一郎はなぜそんなことを、という訝《いぶか》しげな表情になったので、慌てて付け加える。

「その……俺が四歳くらいの頃は、まだ親と寝たかった記憶があるので。それに、晴くんはまだ今の環境に慣れてないみたいですし」

暗に皓一郎の教育方針を批判していると受け取られないだろうか、と気を遣いながらそう申し出ると、彼は無表情で奏汰を見返した。

「晴ときみがそうしたいなら、好きにしてくれてかまわない」

「ありがとうございます」

お許しをもらえて、ほっとする。

「一応のマニュアルは用意しておいた。後で目を通しておいてくれ」

そう言って、皓一郎が一冊のファイルを差し出したのでそれを受け取り、中を確認する。

それはパソコンで作成された文書で、晴の保育園への送り迎えの時間、洋服の場所や玩具の管理など、事細かに明記されていた。

――これ、皓一郎さんが作ったんだ……。

晴のことはなにも知らない状態だったので、奏汰にとっては非常に助かる資料だった。

「主な仕事内容だが、基本的にきみは晴の身の回りの世話や、食事などに関わる家事をしてくればいい。私は外食がほとんどだし、掃除も業者がやってくれる。自分のことは適当にやるから気にしないでくれ」

「わ、わかりました」

食事の支度は、二人分も三人分も変わらないのになぁ、と思っていると、皓一郎が腕時計で時間を確認する。

「私はまだ仕事があるので、後のことは任せていいだろうか」

「はい、大丈夫です」

「では、よろしく頼む」

そう言い置き、皓一郎はそのまま自分の書斎へとこもってしまった。

後に残された奏汰は、晴を振り返る。

「ええっと、夜は九時までに寝ないとだね。そしたらまず、夕飯にしようか。晴くん、なに食べたい？」

そう尋ねても、晴は奏汰を上目遣いで見つめながらモジモジしている。

「遠慮しないで。食べたいものを好きに言っていいんだよ」

そう促すと、晴はぼそりと「……オムライス」と答えた。

「よし、わかった！　すぐ作るね」

冷蔵庫の中身を確認すると、オムライスなら幸いある材料で作れそうだったので、奏汰は張り切ってキッチンに立つ。

機能的なシステムキッチンはピカピカで、使うのをためらうほどだったが、皓一郎に渡されたマニュアルにシステムキッチンや家電の取り扱い説明書も添えられていたので、それを参考にして料理を始める。

晴は一人でリビングにいるのがいやなのか、奏汰の後ろをちょろちょろしている。

「……みてても、いい？」

「いいけど、危ないからガスとか包丁とかには触らないようにね」

晴は、まだ奏汰に甘えていいのか、警戒した方がいいのか決めかねているようで、じっと奏汰を観察しているようだ。

なので、奏汰は警戒心を解いてくれるように、なるべく自然体で振る舞い、あれこれ話しかける。

「晴くんは、卵はよく焼いたのが好き？　それともとろとろ半熟？」

「……とろとろ」

「わ、よかった。俺も」

一緒だね、とにっこりすると、晴もはにかんだ様子で頷く。

刻んだタマネギと冷凍のミックスベジタブル、それに鶏肉を炒めて、手早くチキンライスを作る。

卵はふわふわとろとろの半熟にして、チキンライスの上に載せると、とろりと零《こぼ》れて皿の上に広がった。

「さぁ、できた。冷めないうちにどうぞ」

両手を合わせて、いただきますと挨拶すると、晴も奏汰の真似をしてからスプーンでオムライスを頬張る。

おいしかったのか、瞳をキラキラさせているが、奏汰にどう伝えていいかわからないらしい。

「あのね、俺のことは、好きに呼んでいいよ」

奏汰にそう助け船を出され、少し考え込んだ晴は、「……じゃあ、かなちゃん」と命名してくれた。

「かなちゃんか。可愛いね」

「……かなちゃんのオムライス、おいしい」

「そっか、嬉しいな。ありがと」

それから昨日と同じように一緒に風呂に入り、歯を磨いたりして寝る準備を終えると、奏汰は子ども部屋に自分のベッドを移動させる。

おやすみなさいの挨拶をして電気を消すと、最初は大人しく自分のベッドで寝ていた晴だったが、やがて暗闇の中で「……いっしょにねんねしてもいい？」と聞いてきた。

「いいよ」

奏汰が布団をめくると、晴は自分でベッドを下り、奏汰のベッドにもぞもぞと潜り込んできた。

そして、安心しきった様子であっという間に寝息を立て始める。

——やっぱり、一人で寝るのは寂しかったんだな……。

なのになにも言わない晴のけなげさが、不憫《ふびん》になる。

初めは心を閉ざしていたが、やはり本質は素直で優しい子なのだろうと思う。

なんだか、予想だにしていなかった怒濤《どとう》の展開でシッターになってしまったが、この先なんとか晴が楽しく暮らせるようにしてやりたいと奏汰は思った。


宣言通り、それからしばらくの間皓一郎は壮絶《そうぜつ》に多忙らしく、朝は二人が起きるより早く出かけていき、帰宅は毎日深夜近かった。

なので、奏汰も晴もほとんど皓一郎と顔を合わせる間もなく、早半月が過ぎようとしていた。

来週には、保育園の月に一度のお弁当の日がある。

晴のランチボックスを探すと、用意されていたのは無地のもので、味も素っ気もなく、とても幼児用とは思えない。

——もうちょっとこう、可愛いのにしてあげたいよな。

仕事中は邪魔しないように、連絡はメールですることとマニュアルに書いてあるので、『渡された食費をやりくりして、晴のものを買っていいか』と問い合わせる。

しばらくしてから、『任せる』との短い返事があったので、奏汰はいろいろ子どもが喜びそうなグッズを買い物してこようと考えた。

——でも、同じ家にいるのに、連絡もメールでなんて徹底してるなぁ……。

晴はなにも言わないが、本心ではもっと皓一郎と過ごしたいのではないだろうか？

だが、見るからにぎこちない仲の二人の姿を思い出し、奏汰はもう少し彼らの距離が縮まる手助けができればいいなと思った。

そんなわけで、満を持して迎えたお弁当の日。

中身をなににするか、あれこれ迷ったが、結局晴が大好物のオムライスに決定する。

朝早くから起きてキッチンに立った奏汰は、最後に飾りのプチトマトを入れ、「よし、できた」と呟いた。

「晴くん、見て見て！　熊さんのオムライスだよ～」

と、嬉々としてランチボックスを披露する。

百円均一の店で買ってきた、チキンライスを熊の形にできる型抜きを使い、その上に焼いたとろとろ卵をふわりと乗せている。

「ほら、熊さんが卵のお布団でねんねしてるみたいだろ？」

「……かわいい」

どうやら気に入ってくれたらしく、晴は大きな瞳をキラキラさせている。

弁当箱を晴の好きなパンダ柄のナプキンに包み、園児鞄に入れていつものように保育園へ送っていく。

そして、マンションに戻って家事をこなし、いつもの時間に晴を迎えに行こうとすると保育園から電話があった。

『今日、尚人くんのお母さまのお迎えが遅くなるので、晴くんも一緒にいると言っているんですが……どうしましょうか』

「晴くんが、そんなことを……？」

滅多《めった》に自己主張しない晴の、初めての行動に、奏汰はその意志を尊重してやりたいと思った。

晴の言う通り、尚人のお迎えと同じ時間に迎えに行く旨を告げ、そわそわしつつ家事で時間を潰す。

晴は、尚人が一人になってしまうので、そばにいてやりたいと思ったのだろうか？

そして約束の時間が来ると、奏汰は保育園へ急いだ。

タクシーで保育園へ着くと、まだ義母は来ておらず、部屋に入ると晴と尚人二人だけだった。

が、一緒に遊んでいるかと思いきや、尚人は晴に頑なに背を向け、一人で積み木遊びをしていて、晴は部屋の隅で小さな膝を抱え、じっとその背中を見つめている。

「晴くん、お迎え来たよ」

先生が声をかけると、晴より先に尚人が反応し、振り返る。

「にぃに！」

尚人が走って、奏汰の膝に抱きついてしまったので、晴はなにもできないままそれを見ている。

「尚人……」

「いつおうちにかえってくるの？　なおくん、ずっとまってるのに」

「ごめんな。お仕事だからしばらく帰れないんだ」

奏汰が言い聞かせるように優しく応えるが、それが不満なのか尚人はぷぅっと頰を膨《ふく》らませた。

「そんなの、やだ！　にぃにはなおくんのにぃになのに！」

そう叫ぶと、尚人は声を上げて泣き出してしまった。

「なおくんも、にぃにがつくったおべんとたべたい！　クマさんのオムライス、たべたいよ」

どうやら、今日の晴のお弁当のオムライスを見てうらやましくなってしまったらしい。

今までずっと我慢してみたものの、堪えきれなくなって爆発してしまったようだ。

わんわん泣く尚人を見て、晴もじわりと涙目になる。

「ごめんね、なおくん……」

小さな声でそう呟き、今度は晴まで泣き出したので、奏汰は困って二人を両手で抱き寄せた。

「ほら、二人とも泣かない泣かない。尚人、オムライスなら、いつでも作ってあげるよ。晴くんは今日おまえが一人で寂しいと思ったから、一緒にお迎えを待つって言ってくれたんだぞ？　優しいと思わないか？」

「……」

尚人も、それはわかっているようだったが、素直にうんと言えずにうつむく。

「にぃににとって、尚人も晴くんも、二人ともとっても大事なんだ。わかってくれるか？」

「……そしたら、はるくんといっしょにおうちにあそびにきて」

しゃくり上げながら尚人がそう言うので、奏汰は晴を見つめる。

「晴くん、俺と一緒に、尚人と遊んでくれる？」

「……うん」

晴もしゃくり上げながら、頷く。

「よし、それじゃ今度おうちで一緒に遊ぼう。な？」

なんとか二人を宥め、仲直りの握手を促す。

すると。

「なおくんは、はるくんよりさんかげつおにいちゃんだから、にぃにははるくんにかしてあげる！」

大泣きしたくせに、尚人が年上ぶってそう胸を張る。

「ありがと、なおくん」

だが、晴にとってその言葉は嬉しかったらしく、また大きな瞳をうるうるさせている。

二人は小さな手をぎゅっと握り合って、仲直りだ。

それからほどなくして義母も尚人を迎えに来て、尚人も帰っていった。

「かなちゃん」

タクシーに乗り込むと、ふいに晴が奏汰を見上げる。

「なおくんから、かなちゃんとっちゃって、ごめんね。おうちにかえらなくて、ほんとにいいの……？」

どうやら、奏汰が自分のシッターになったことで尚人を悲しませてしまったと、ずっと小さな胸を痛めていたらしい。

　晴の気持ちを思うと、奏汰もなんとかして慰めてやりたくなる。

「晴くんは、そんなこと気にしなくていいんだよ。俺は二人のかなちゃんなんだからね。それに俺は晴くんのそばにいることを選んだんだ。俺がそう決めたんだから、晴くんが気にすることは、なにもないんだよ」

　力強く否定してやると、晴はほっとしたようだった。

　奏汰がいなくなるのはいやなのだとわかり、嬉しくなる。

　そして、タクシーでマンションに帰宅すると、奏汰はいつものように晴の夕飯の支度に取りかかった。

　料理をしながらオープンキッチンから晴の様子を度々確認するが、晴は大人しく絵本を眺めているようだ。

「それ、お気に入りみたいだね。晴くんの好きな絵本なの？」

「うん、ママがたんじょうびにかってくれた」

「……そっか」

　初めて晴の口から母親のことが出たので、内心ドキリとする。

　下拵《したごしら》えが一段落したので、タオルで手を拭きながらソファーに座っている晴のそばへ歩み寄ると、晴が奏汰を見上げて言った。

「ママはとおいところにいて、おてがみもおでんわもできないんだって。こうちゃんがいってた。はるがいいこにしてたら、またあえるってほんと？」

「……そうだね。ママもきっと、晴くんに会いたいと思うよ」

どんな事情があるかは知らないが、こんな幼い子を手放さなければならなかった晴の母親のことを思うと、奏汰も思わず目頭が熱くなる。

奏汰は、晴の小さな手をぎゅっと握りしめた。

「晴くん、悲しい時や寂しい時は、我慢しないで泣いちゃってもいいんだよ」

「え……？」

「俺もね、悲しくてしょうがない時は、一人で泣いちゃうこともあるんだ。でも晴くんはまだ小さくて、一人で泣くのは寂しいから、かなちゃんがそばにいてもいいと思う。ほら、こうやって」

と、奏汰は晴の顔を自分の胸許にそっと抱える。

「こうすれば、晴くんが泣いてても見えないからね。思いきり泣いちゃえ」

宥めるように、背中を優しく摩ってやると初めは唇を噛んで我慢していた晴だが、やがて声を上げて泣き始めた。

まだ幼いのに、急に新しい環境に変わって、どれほど戸惑っただろう、心細かっただろう。

想像するだけで胸が締めつけられるような思いがして、奏汰はその小さな身体をぎゅっと抱きしめた。

「晴くんにとって俺は頼りないかもしれないけど、友達になることはできると思うんだ。だから、なにか言いたいことがあったら、なんでも話してくれたら嬉しいな」

「……わかった」

すん、と鼻を鳴らし、晴もぎゅっと奏汰の首に両手を回してしがみつく。

「おべんと、すっごくおいしかった」

ぼそぼそとそう言うと、晴はさらに小声で「……ありがと」と呟く。

「どういたしまして」

「こんどは、なおくんにつくってあげてね」

自分より、尚人のことを優先する優しさに、奏汰は「いつでも、二人に作ってあげるよ」と答えた。

「……かなちゃん、ちょっとママににてる」

「本当？」

「うん」

皓一郎に対してはいまだ素直になれないらしい晴だが、奏汰にはじょじょに心を開いてくれているのか、すんなり頷いてくれたのでほっとする。

自分が尚人の兄だというのも大きいのかもしれないな、と奏汰は思った。

まずは、晴に信頼してもいい人間なのだと認めてもらわなければ。

「なおくんは、いいなぁ」

「どうして？」

「かなちゃんがおにいちゃんだし、あとね、えっとね……」

少し恥ずかしそうに言い淀み、もじもじしてから晴がぽつりと呟く。

「だいすきとか、いえていいな……」

子どもも心に、素直に感情表現ができる尚人がうらやましいという思いがあるようだ。

「晴くんも、誰かに大好きって言いたい？」

奏汰の問いに、晴はこっくりする。

「そっか。そしたら、いつか言えたらいいね。でも無理して急ぐことはないんだよ。晴くんの大好きっていう気持ちは、ちゃんとその人に伝わってると思うよ」

「……ほんとに？」

「うん、ほんと。ちょっと練習してみようか」

その小さな身体を抱きしめたまま、奏汰は心から「晴くん、大好き」と告げた。

すると。

「……ぼくも、かなちゃんだいすき」

と、晴もこしょこしょと耳許で囁《ささや》いてくれる。

嬉しいのも相まって、なんだかくすぐったい。

「嬉しいな、ありがとう」

「いつか、こうちゃんにもいえるかな……?」

晴が『大好き』と伝えたい相手は、やはり皓一郎なのだ。

晴が皓一郎に反抗的だったのは、かまってほしい気持ちの裏返しなのだろう。

「言えるよ、きっと」

その機会は必ず訪れる、奏汰はそう信じたかった。


「こうちゃん、きょうもおそいね」

「そうだね」

皓一郎の帰宅が遅いのは当たり前の日常で、二人きりでの夕食にも、すっかり慣れてしまった。

その日も早めに奏汰お得意のミートボールパスタの夕飯を食べ、後片付けを済ませると二人はリビングのソファーに座る。

「録画は……よし、と。晴くん、皓一郎さんが出てる番組、始まるよ」

晴が喜ぶかと思い、皓一郎が出演する予定の番組はすべて録画保存しているのだ。

晴も気になるのか、タタっと走ってきてちょこんと奏汰の隣に座る。

くっつきたいのを我慢している様子だったので、奏汰は晴を抱き上げ、自分の膝の上に乗せた。

するとは晴も嬉しそうに、奏汰の胸に背中を預け、二人はテレビを観始める。

『さて、本日のゲストはなんと！　ただいま若い女性達の間で大人気のカリスマシェフ、加賀見皓一郎さんです！』

スタジオでは、盛大な拍手と共に皓一郎が登場する。

スーツなどのきっちりとした出で立ちではなく、ラフな黒のシャツに、ポケットチーフが覗いた白のジャケットを羽織っているが、どちらもブランド物でいかにも高価そうだ。

「わ、皓一郎さん、相変わらずキメキメだね」

ルックスといい、出で立ちといい、そこいらの芸能人より芸能人らしく見える。

『皓一郎さんはなんと！　あの有名な高級イタリアンレストランチェーン、リストランテ・カガミの御曹司なんですよね。しかもこんなにイケメンなのに、まだ独身ということで、さぞおモテになるんでしょうね』

と、若い女性アナウンサーが、皓一郎に話題を振ってくる。

『いえ、そんなことは。今は仕事が忙しくて、なかなかそういう機会もなくて』

と、いかにも好青年スマイルで応えた皓一郎の横顔は、完璧な角度でテレビモニターに映っている。

「あ、この角度、皓一郎さんが一番自信ある角度だよね」

「うん、こうちゃん、かっこいい」

と、二人でかぶりつきで、皓一郎が出演しているバラエティ番組を観る。

「こうちゃん、おしごといそがしいのかなぁ……」

番組が終わると、ぽつりと晴が呟く。

一緒に暮らしているというのに、現状のように、皓一郎の顔がテレビ番組でしか見られないというのはさすがに問題だろう。

そこで奏汰は、一計を案じた。

名づけて、『晴くんとこうちゃんを仲良くさせちゃおう大作戦』だ。

「ね、晴くん。二人で皓一郎さんのお夜食作らない？」

「……おやしょく？」

「夜、ちょっとだけ食べるごはんのことだよ。おにぎりなんかどうかな？」

おにぎりならば、小さい子でも作れるだろうとそう提案してみると、晴も二つ返事で頷く。

「はるも、てつだう！」

「よし、それじゃ一緒に作ろう！」

それから、二人はキッチンに立ち、炊飯ジャーに残っていたごはんでおにぎりを作り始めた。

「こうやって、ラップを使って握ると、うまくできるよ」

と、奏汰は小さめのラップを正方形に切り、それを晴の小さな手の上に載せてやる。

そこに薄く塩を振ってごはんを載せ、中心に梅干しを埋め込む。

「ラップで包んで、丸めてごらん」

「……こう？」

奏汰の真似をして、晴も両手で一生懸命ラップごとごはんを丸めている。

少しいびつになってしまったが、そこはご愛敬だ。

ラップを外して短冊形《たんざく》の海苔《のり》を巻くと、まん丸おにぎりの完成だ。

「できたぁ……！」

「上手にできたね。すごくおいしそうだよ」

生まれて初めて作ったおにぎりに、晴は興奮気味に奏汰を見上げる。

「こうちゃん、よろこんでくれるかな？」

「ああ、もちろん。きっと喜ぶと思うよ」

そんなことをしていたら、いつもの時間より少し遅れてしまい、急いで晴を風呂に入れ、歯を磨く手伝いをする。

ドライヤーで洗った髪を乾かし、ほこほこになった晴にパジャマを着せていると、玄関の鍵が開き、皓一郎が帰ってきた。

「あ、こうちゃんだ！」

タッと走り出した晴は、皓一郎を出迎えに行く。

「おかえりなさい。あのね、はるがおやしょくつくったんだよ」

「お夜食……?」

訝しげな皓一郎に、奏汰が補足説明をする。

「お帰りなさい。あの、今日は晴くんと二人で、皓一郎さんの夜食におにぎりを作ったんです」

皓一郎はネクタイを緩めながら、ダイニングテーブルの上に用意されていた皿を見る。

が、すぐに視線を逸《そ》らしてしまった。

「……ありがとう。後でいただこう。それより、晴。もう寝る時間を過ぎているぞ。早くベッドに入りなさい」

そう言われ、得意満面だった晴は、見る見るうちに笑顔を失う。

晴は、今おにぎりを食べて、皓一郎に『おいしい』と言ってほしかったのだ。

皓一郎だってそれくらいわかっているだろうに、と奏汰は少し恨めしい気持ちになった。

「さぁ、晴くん、ねんねしよう。皓一郎さんにおやすみなさいして」

「……おやすみなさい」

力なく挨拶した晴を、部屋へ連れていく。

布団に入ってからも、晴は一言も喋《しゃべ》らなかった。

それでも、我慢強いこの子は駄々《だだ》をこねることもしない。

晴が眠ってから、奏汰はそっとリビングへと戻った。

すると、シャワーを浴び、ガウン姿の皓一郎とばったり鉢合わせする。

濡れた髪とはだけたガウンの胸許が妙に艶《つや》っぽく、同性の奏汰から見てもどぎまぎしてしまうほどだ。

ふと見ると、テーブルの上のおにぎりはまだ手つかずのままだった。

そんな奏汰の視線に、なにが言いたいのか察したのか、皓一郎がため息をつく。

「すまないが、もうこういうことはやめてもらいたい」

「……え?」

「夜食を作るより、いつもの就寝時間を守って欲しいということだ」

「……すみません」

確かにスケジュール通りにこなせなかったのは夜食を作っていたせいなので、謝るしかない。

奏汰がうつむいていると、皓一郎は冷蔵庫からミネラルウオーターを取り出し、それをグラスに注いだ。

それから、「晴は、近いうちに父方の祖母に引き取られる予定なんだ」と不意に言った。

「そう……なんですか?」

まったく聞かされていなかったので、奏汰は思わず言葉を失う。

「晴は、私の姉の息子だ。姉は家族の反対を押し切って駆け落ち同然で結婚し、以来五年以上音信不通だった。初めて連絡が来たのは、姉が事故で亡くなったという訃報《ふほう》だった」

皓一郎の説明によると、夫は晴が生まれたばかりの頃に病気で亡くなり、皓一郎の姉である美《み》菜《な》はその後女手一つで晴を育てていたのだが、保育園へ迎えに行く途中、暴走してきたトラックに突っ込まれ、亡くなったとのことだった。

言われてみれば、詳しい家庭の事情などは一切聞かされていなかった。

叔父である皓一郎が引き取るくらいなのだから、両親になにかあったのだろうとうすうす察しはついたが、まさか晴の両親が立て続けに亡くなる不幸に見舞われていたとは。

「晴の父方の祖母が引き取ると申し出てくれたんだが、その方が現在ヘルニアで入院中で、よくなるまでという約束で私が一時預かることになったんだ」

そこまで語り終えると、皓一郎は呷《あお》ったグラスをテーブルの上に置いた。

「そういうわけで、私はあの子と、必要以上に親しくするつもりはない」

「皓一郎さん……」

「きみに事情を説明したのは、今後そのつもりで晴と接してほしいということだ。私と晴を打ち解けさせようなどと、無駄なことはしないでほしい。言うまでもないが、守秘義務は守ってくれ」

「……わかりました」

それでもなにか言いたくて、言葉を探しているうちに、皓一郎はそのまま書斎へ行ってしまった。

——はぁ……やっちゃった……。

自分のしたことは、どうやら完全によけいなお節介だったようだ。

まさに、鼻先でぴしゃりとシャッターを閉められた気分だった。

翌朝、おにぎりの皿はシンクに出されていたが、空になっていた。

ゴミ箱を見たが捨てた様子はなかったので、一応食べてはくれたのだとわかり、ほっとする。

だが晴は、自分が父方の祖母に引き取られることを知っているのだろうか？

――でもさ、離れ離れになるってわかってても、叔父と甥のいい思い出はいくらあったっていいじゃないか。

奏汰には、あくまでかたくなな皓一郎の気持ちが理解できなかった。

皓一郎の気持ちがどうであれ、晴は彼と仲良くしたいと願っている。

その思いを、どうしても見て見ぬふりはできない奏汰だった。

――皓一郎さんには悪いけど、俺はこの程度じゃメゲない男なんだぜ……！

またよけいなことをと叱られるかもしれないが、晴と仲良くなれば皓一郎だって気持ちが変わるかもしれない。

そう考えた奏汰は、懲《こ》りずに次の作戦に打って出ることにした。

「動物園？」

その日、いつものごとく深夜近くに帰宅した皓一郎を待ち、奏汰は話を切り出す。

「はい、次の日曜に晴くんを連れていきたいんですけど」

「かまわない。好きにしてくれ」

「あの……皓一郎さんも、一緒に行きませんか？」

勇気を振り絞って、そう切り出すと、皓一郎は驚いたように奏汰を見つめる。

「えっと、ほら、俺一人だと人混みで万が一はぐれたりしたら大変だし、大人二人いる方が安心だし。それから、その……」

ほかに説得材料はないかと思案しながら、奏汰は皓一郎の様子を窺う。

「きっと楽しいですよ？　晴くんに、一度くらい皓一郎さんとの楽しい思い出を作ってあげてほしくて……」

お願いだから、断らないでほしい。

そんな必死の思いが表情に出ていたのだろうか、皓一郎はなにか言いかけ、そしてあきらめたようになにも言わずに口を噤《つぐ》んだ。

「……わかった。なんとかスケジュールを調整してみよう」

「本当ですか？　ありがとうございます！」

そんなわけで、なんとか皓一郎の同意を得ることに成功し、週末三人で動物園へと向かうことになった。

「ライオンさん、いるかな？　とらさんは？」

「いるよ。晴くんの絵本に出てくる動物さん達は、皆いるよ」

「わぁ……」

普段、滅多に感情を表さない子だが、晴はキラキラと大きな瞳《ひとみ》を輝かせている。

やはり、皓一郎と初めて遊びに出かけるのが嬉しくてたまらないのだ。

今日はお気に入りのシャツと半ズボンに、大好きなパンダ型のリュックを背負い、水筒を斜めがけしている姿がとても愛らしい。

行く前からテンションが上がっているのか、車の中で自作の歌を聴かせてくれる。

そんな晴の様子を、ハンドルを握る皓一郎がバックミラーでちらりと確認しているのに気づいたが、奏汰の視線を感じると、彼はそれきり運転に集中するふりをしていた。

動物園へ到着すると、さっそく順路に従って園内を回ることにする。

車から降りると、皓一郎は客に騒がれたくないのかサングラスをかけた。

だが、ブランドのジャケットにビンテージのジーンズ、サングラスという出で立ちが、いかにも芸能人然としていて、逆に目立つ。

案の定、すぐに若い女性に「加賀見皓一郎さんですか？」とサインを求められたが、プライベートなのでと断った。

「あの、サングラスしない方がいいんじゃ？　逆に目立ってますよ？」

奏汰が恐る恐るそう進言すると、「そんなバカな」と皓一郎はむっとしたが、試しに外して少し歩いてみる。

すると、誰からも声をかけられなくなったので、奏汰は「ね？」と悪戯《いたずら》っぽく笑った。

「……ふん、たまたまだろう」

奏汰の言う通りだったのが面白くなかったのか、皓一郎はやや憮然《ぶぜん》として歩き出す。

――皓一郎さんって大人だけど、ときどき妙に子どもっぽいとこあるよな。

本人には決して言えないが、見ていてついおかしくなってしまう。

「かなちゃん、みてみて！　ハシビロコウがいるよ！」

大好きな動物がたくさんでハイテンションの晴は、ぐいぐい奏汰の手を引っ張る。

「ハシビロコウ？」

「あのね、じ～っとしてうごかないとりなの」

「え～？　そんな鳥いるの？」

鳥というのは、せわしなく動く生き物なのではないかという先入観があった奏汰は、どれどれと見守るが、なるほど数分観察していてもハシビロコウはぴくりとも動かない。

「ほんとだ、動かないね」

「なんだ、あれは。人形なんじゃないか？」

隣の皓一郎も、そんなことを言い出す。

三人で園内の説明を読むと、どうやらこの鳥はほとんど動かないというのが特徴らしい。

「すごいね。晴くんは物知りだね」

手放しで褒めてやると、晴は嬉しそうににっこりする。

「つぎはライオンさんをみにいこうよ」

あれこれ動物を見て回り、正午になったので、園内にあるレストランゾーンへと向かう。

晴にリクエストを聞くと、たこ焼きが食べたいというので、あれこれテイクアウトして三人で分けることにした。

「お待たせ」

先に皓一郎と晴を席に座らせておき、奏汰が買い出しに行ってきたトレイをテーブルに置く。

たこ焼きにお好み焼き、フライドポテトにアメリカンドッグ、焼きそばといったメニューに、皓一郎の眉間《みけん》に皺《しわ》が寄る。

「こんな炭水化物の塊ばかり、栄養が偏《かたよ》る」

「まぁまぁ、たまにはいいじゃないですか。おいしいですよ？」

皓一郎の偏屈には慣れてきた奏汰は軽くそうあしらい、晴と一緒に「いただきまぁす」と挨拶した。

まだ削り節が踊っているたこ焼きを楊枝《ようじ》に刺して一つ口に入れるが、焼きたてでおいしい。

「熱、熱……っ、晴くん、冷ましてから口に入れて。火傷《やけど》しちゃうよ」

二人ではふはふしながら、「おいしいね」とにっこりすると、それを見ていた皓一郎が気になったのか、自分も一つ手を伸ばす。

そして口に入れて咀嚼《そしゃく》し、やはり熱かったのか、少し涙目になりながら「まぁまぁだな」と嘯《うそぶ》いた。

それがなんだかおかしくて、奏汰はつい笑ってしまう。

「なにがおかしい」

「いえ、別に。はい、晴くん、あ〜んして」

話を誤魔化すために、奏汰はフライドポテトを一つ取り、晴の口へと運ぶ。

晴は言われた通り、あ〜んと小さな口を開け、おいしそうにポテトを食べた。

すると、自分も真似をして「かなちゃん、あ〜ん」と一本差し出してくる。

「ありがと」

奏汰も、あ〜んとそれを頬張る。

「晴くんに食べさせてもらうと、おいしいな〜」

奏汰がそう言うと、晴はじっと皓一郎を見つめ、ポテトをもう一本手に取る。

その視線に気づいたのか、皓一郎はややたじろぎながら、「わ、私はやらないからな。こんな人前で恥ずかしい」と拒否した。

「え～そんな固いこと言わなくてもいいじゃないですか。はい、あ～ん」

「あ～ん」

二人に「あ～ん」の大合唱をされてしまい、皓一郎は渋々といった様子で口を開け、晴のポテトを食べてくれた。

「ね、おいしいでしょ？」

「ポテトはポテトだ」

「んもう、皓一郎さん、ノリ悪いですよ？　ね、晴くん」

憮然とした皓一郎に、晴ははにかんだ笑みを浮かべる。

こんなに楽しそうな晴を見るのは初めてで、やはり口には出さなくても、皓一郎にかまってほしかったんだなと実感した。

なんだかんだで楽しいランチを終え、近くにある売店を通りかかると、たくさんの動物達のぬいぐるみが売られていた。

「わぁ、たくさんぬいぐるみがあるね。虎《とら》さんにライオンさんもいるよ」

ところが、華やかな動物園のスター達には目もくれず、晴の視線は目つきの鋭いハシビロコウのぬいぐるみに釘付《くぎづ》けだ。

かなり大きく、晴が持つと抱えるほどの大きさのぬいぐるみだった。

正直な感想を言うと、目つきが悪くてお世辞にも可愛いとは言えない代物《しろもの》なのだが、晴はいたく気に入ったらしい。

「晴くん、これ欲しいの？」

「……ううん」

いらない、と晴は首を横に振る。

どうやら、預かってもらっている身でそんなおねだりはできないと、幼いながらに遠慮しているようだ。

すると、それを見ていた皓一郎が、ハシビロコウのぬいぐるみを一つ手に取り、レジへ向かった。

手早く会計を済ませ、売店を出るとぬいぐるみの入った袋を晴に差し出す。

そして、「子どもが遠慮するもんじゃない。行くぞ」と告げ、さっさと歩き出した。

ぬいぐるみを買ってもらえたのだとわかり、見る見るうちに晴の表情が輝き出す。

「よかったね、晴くん」

「うん……！」

晴はよほど嬉しかったらしく、一抱えほどもある大きさのぬいぐるみを袋から出し、歩きながらぎゅっと抱きしめる。

その笑顔を見ているだけで奏汰まで嬉しくなってきて、皓一郎も少しはいいところあるんだなと見直した。

「皓一郎さん、待ってくださいよ。もう少しゆっくり回りましょう」

「だらだら歩くのは非効率だ」

「動物園って、効率考えて見るとこじゃない気がしますけど」

自分でもらしくないことをした後の照れ隠しなのか、皓一郎の早足は緩まない。

なんだかんだ言いながら、腹ごなしも兼ねて午前中の続きの順路を回り始める。

日曜ということもあり、午後になるとさらに混んできて、園内は多くの家族連れで賑わってきた。

「パパ、かたぐるまして〜」

「はは、しょうがないなぁ」

サイの水浴びを眺めていると、隣では晴と同い年くらいの子を連れた若い夫婦連れがいて、父親がおねだりされて肩車をしてやっている。

「わぁ、たか〜い！」

はしゃぐ子どもを、晴がうらやましそうに眺めているのに気づき、奏汰は切ない気分になる。

物心つかないうちに両親を亡くした晴の気持ちを思うと胸が痛み、なんとかしてやりたくなる。

「皓一郎さん」

晴がそちらに気を取られている隙に、こっそり皓一郎に目配せすると、彼はぎょっとした表情になった。

「無理を言うな」

するると、次に父親と母親に挟まれ、両手を繋いだ幼児が、左右から持ち上げてもらい、きゃっきゃとはしゃぎながら通りかかり、晴の視線はじっとその親子に向けられている。

「肩車が無理なら、手を繋いで歩くだけでもいいですから。ね？」

「しかし、パパラッチがいないとも限らない」

どうやら、皓一郎は週刊誌などに晴を自分の隠し子だと誤解されることを恐れているらしい。

「別に疚《やま》しいことしてるわけじゃないんだから、いいじゃないですか。堂々としていれば」

そうきっぱり言い切り、奏汰は晴の右手を取った。

「さ、次行こうか。ぬいぐるみ、俺が持つよ」

奏汰が小脇にぬいぐるみを抱え、歩き出すと、まだ逡巡《しゅんじゅん》している皓一郎は少し遅れてついてきた。

そして、ためらいがちに手を伸ばし、晴の左手を掴む。

滅多に自分と手を繋ごうとしない皓一郎をよく知る晴は、驚いて彼を見上げるが、皓一郎はそっぽを向いたまま「混んできて、迷子になられたら困るからな」とまるで自身に言い訳するように呟いた。

――もう、素直じゃないんだから。皓一郎さんってば。

意地っ張りで見栄っ張りで、人目ばかり気にする格好つけだけど、どこか憎めない。

むしろ可愛いとさえ、思ってしまう。

皓一郎というのは、不思議な男だと奏汰は思った。

「いきますよ。せ〜の！」

奏汰の合図で、歩きながら同時に左右から晴を持ち上げる。

「わぁ、たか〜い！」

普段大人しい晴が、きゃっきゃと声を上げてはしゃぐのを見て、奏汰も自然と笑みが零れる。

見ると、皓一郎も普段は見せない穏やかな眼差しで晴を見守っていた。

二人が楽しそうで、よかった。

そう思っていると、皓一郎のジーンズの尻ポケットに入っていたスマホが鳴り出す。

すると、途端に皓一郎の表情は仕事モードに切り替わり、晴の手を離して応答した。

「はい。……ああ、わかった。すぐに行く」

短い通話を終え、皓一郎は奏汰に向かって告げる。

「すまないが、急なトラブルで店に行かないといけなくなった」

「え……？」

せっかく楽しく過ごしていたのに、と愕然《がくぜん》としているうちに、皓一郎は財布から一万円札を数枚取り出し、奏汰に差し出した。

「帰りはこれでタクシーを拾って帰りなさい。なにかあったら連絡してくれ」

「……わかりました」

まるで晴の視線を避けるかのように、皓一郎はそのまま人混みに紛れ、足早に立ち去ってしまった。

「晴くん……皓一郎さん、急なお仕事なんだって。しかたないよね」

取り残された晴は唇を噛んでうつむき、黙り込んでいる。

が、奏汰からぬいぐるみを返してもらい、空いてしまった手でそれをぎゅっと抱えた。

まるで皓一郎の代わりにするかのように。

「さ、さぁ、それじゃ二人で残り回ろうか」

「……うん」

晴はなにも言わないものの、明らかに皓一郎がいなくなってがっかりしている。

——今日は、二人がいい感じに接近できてたんだけどなぁ……。

なかなかうまくいかないものだと、奏汰はため息をつく。

そんな訳で、途中まで楽しかった動物園は、後半は二人で回り、晴も終始《しゅうし》言葉少なだったので早々に切り上げたのだった。

家に帰ってからも晴は元気がなくて、しょんぼりとソファーに座っている。

その落ち込みぶりを見ていられず、奏汰は夕飯作りの手を止め、晴のそばにしゃがみ込んだ。

「晴くん、抱っこしようか？」

奏汰がなにげなくそう聞くと、晴はなぜか過剰《かじょう》に反応し、ふるふると首を横に振る。

「いいの？」

「……」

念押しすると、またうつむいて黙り込んでしまうので、本心では抱っこしてほしいんだなとわかる。

なので、奏汰は言い方を変えてみた。

「あのさ、実はかなちゃんが晴くんのこと、すっごく抱っこしたいんだよね。お願いだから、させてくれない？」

すると、晴はそうなのか、という顔になり、こくこくと頷く。

自分からはおねだりできないけれど、奏汰がしたいなら喜んで、といった様子だ。

「やった、ありがと」

礼を言い、奏汰はひょいと晴の小さな身体を抱き上げた。

「ん～晴くんは抱き心地がいいなぁ」

「……ほんと？」

「かなちゃんが嘘言うわけないだろ」

柔らかな頬の感触が心地よくて、ついすりすりと頬を擦《す》り寄せてしまう。

「……こうちゃんは、だっこしてくれないよ？」

ぽつりと、晴が呟く。

ああ、やはり皓一郎に抱っこしてほしいんだなと、小さいのに我慢している晴が不憫になる。

「それはきっと、皓一郎さんが恥ずかしがり屋さんだからだよ。照れちゃって、なかなかできないんじゃないかな」

「……そうなの？」

「うん。大人って、素直にしたいこと、したいって言えないんだよ」

言いながら、奏汰は本当にそうだと思う。

だって、こんなに晴は可愛いのに。

この子と暮らして、そばにいて、抱きしめずにいるなんて、よほどの自制心だ。

――でも、もしかして一度抱っこしちゃったら、もう放せなくなるのが怖いのかもしれない。

なぜだか、ふとそう思った。

人様の家庭に入り込み、否が応でもそのプライベートを垣間見てしまうシッターの仕事はなかなかに奥が深いのだなぁ、と奏汰は思うのだった。

◇　◇　◇

もうすぐ、保育園の運動会だ。

尚人も晴も、かなり楽しみにしているので、奏汰もお弁当のおかずはなににしようかと、早くから構想を練っていた。

――確か上の戸棚に立派な五段重があるから、あれを借りて……。

皓一郎は、誘ったら運動会に来てくれるだろうか？

掃除機をかけながら、あれこれ考えていると、ふいにジーンズの尻ポケットに入れていたスマホが鳴り出す。

「もしもし、義母さん？　どうしたの？」

その日はいつものように皓一郎の帰りが遅かったので、晴を先に寝かしつけた奏汰は、一人リビングで一心不乱にスケッチブックに絵を描いていた。

晴がお絵描きが好きなので、付き合って奏汰も晴に見せる絵を描いているうちに、なにかとスケッチブックに描く癖がついてしまったのだ。

と、そこへ皓一郎が帰宅する。

「お帰りなさい」

玄関まで出迎えに行くと、皓一郎はいつも少し面映《おもは》ゆそうな表情になる。

嬉しいような、少し困ったような微妙な表情だ。

「まだ起きていたのか？」

「はい。あの、お腹空いてないですか？　おにぎりありますよ」

本当は、わざわざ皓一郎のために作っておいたのだが、そう知られるとまた叱られるので、いかにも作り過ぎてしまったというふりをする。

「結構だ。シャワーを浴びてくる」

素っ気なく断られ、やはり駄目だったかと奏汰は落胆した。

夜食でもつまませ、和やかに話せそうな雰囲気《ふんいき》になったところで本題を切り出すつもりだったのだが、どうやら作戦失敗のようだ。

がっかりしながら、ラップをかけたおにぎりの皿が置いてあるダイニングテーブルで絵の続きを描いていると、やがてシャワーを浴び、濡《ぬ》れた髪のままバスローブを羽織《はお》った皓一郎が戻ってきた。

冷蔵庫からミネラルウオーターを取り出し、ちらりとテーブルの上に置かれていたおにぎりに視線を投げる。

そして、「やっぱりいただこう」とぼそりと言った。

奏汰が落ち込んでいたので、良心がとがめたのかもしれない。

「ど、どうぞ！」

嬉しくて、つい挙動不審になりながら、奏汰はおにぎりの載った皿を差し出す。

すると皓一郎は奏汰の向かいの席に腰を下ろし、ラップを剝《は》がしておにぎりを取って嚙《かじ》った。

「今日の接待の店は、格式張っているわりに味の方はてんでお粗末《そまつ》だった。お陰でろくに食べた気がしなかった」

「そうだったんですか」

皓一郎が、こんな話をしてくれるのも初めてのことだ。

一緒に暮らし始めてしばらく経つが、少しは心を許してくれているのだろうかと嬉しくなる。

「なにを描いている？」

「来週の運動会の、お弁当なんですけど」

と、奏汰はスケッチブックを皓一郎に見せる。

「子どもが喜ぶように、洋風寄りにしようかと思って。配色とか、栄養バランスとか、どうですか？　プロのご意見をもらえたら、嬉しいんですけど」

そこには、五段重の中身を詳細に色鉛筆で図解したイラストが描かれていた。

奏汰的には、三日がかりの大作だ。

すると、それを一瞥《いちべつ》した皓一郎は、「栄養バランスは悪くないが、彩りが少し地味だな。このサラダに、赤と黄色のパプリカを加えると、食欲をそそる色合いになる」とアドバイスをくれた。

「なるほど！　参考にさせていただきますね。ありがとうございます」

奏汰は嬉々として、さっそくそれを描き足す。

「それで、ですね。あの……実はお願いがあるんですけど」

勇気を出して、ようやく本題を切り出す。

「なんだ？」

奏汰は、急な仕事で両親が運動会に参加できなくなると、さきほど連絡があったことを説明した。

「それで、尚人の付き添いは俺がやらないといけなくて。もちろん、晴くんと尚人の面倒は俺が見るつもりですけど、一人で二人見ていて、万が一なにかあったら大変なので。それで……」

「私にも同行してほしいと、つまりはそういうことか？」

「……その通りです」

どう見ても皓一郎の機嫌がよくは見えなかったので、奏汰は思わず首を竦《すく》める。

雇われている身で、自分の弟の面倒も一緒に見たいなんて、やはり図々しい申し出だったのだと反省した。

これは皓一郎を運動会に参加させる、いい口実になると思ったのだが。

「やっぱりお仕事入ってますよね……無理なお願いをして、すみません」

力なく肩を落とす奏汰をしばらく見つめた後、皓一郎はようやく口を開く。

「実は、私も参加してもいいと考えていたところだった」

「え……？」

「運動会には、大勢の父兄が集まる。そこで私の渾身《こんしん》の手作り弁当を振る舞えば、店の味を知ってもらえて宣伝にもなる。悪い話ではない」

「それじゃ……？」

「スケジュールの方は、なんとかしよう。当日の弁当も私が作るから、きみには補助を頼む」

「はい！　喜んで！」

思わぬ方向に風向きが変わり、奏汰は嬉しさに元気よく頷いた。

「あ、それと当日までにビデオカメラ用意しておいてくださいね」

「ビデオカメラ……？」

「運動会は我が子の頑張る姿を、父兄が撮影するためのイベントと言っても、過言ではありませんから」

奏汰が妙に真剣な表情でそう力説すると、その勢いに気圧《けお》されたのか、皓一郎も「わ、わかった……」と頷いた。


そして、いよいよ運動会当日。

早朝五時から起き出し、奏汰と皓一郎はさっそく弁当作りに取りかかる。

下拵えが済むと、奏汰はてきぱきと水筒やレジャーシートをトートバッグに詰め、皓一郎に告げる。

「俺は、これから場所取りに並んできますから」

「場所取り？　なんのだ？」

「運動会で、一番いい場所を取って晴くんと尚人を撮影するために決まってるじゃないですか」

と、奏汰は皓一郎が買ってきてくれた最新式ハンディムービーを取り出してみせる。

「後ろの方になっちゃうと、撮影しにくいんですよ。だから、皆朝一で並んで、少しでもいい場所をキープするんです」

「知らなかった……運動会は、既に熾烈《しれつ》な闘いが幕を開けているんだな」

子どものいない皓一郎にとっては、想像もできない世界らしく、目を白黒させている。

「では、出陣してきます！」

「頼む。私は弁当が完成したら、そっちへ行くから」

「了解です」

大荷物を抱え、手配したタクシーに乗り込み、保育園に到着した時には既に数人の強者《つわもの》達が先に並んでいたが、それからしばらく並び、ようやく保育園の敷地へ入れると、なんとか最前列をキープすることに成功した。

レジャーシートで場所を確保し、じっと待っていると、やがてこちらも大量に荷物を提《さ》げた皓一郎がやってくる。

「場所の方はいかがでしょうか」

「絶好《ぜっこう》の撮影ポイントだ。よくやってくれた」

「恐縮《きょうしゅく》です！」

とりあえず最初の山場は越え、ほっとしていると、いよいよ運動会が始まる。

保護者達は、皆我が子を撮影するのに夢中で、奏汰と皓一郎もそれに参戦した。

保育園でお揃いの運動着姿で、ハチマキを巻いた晴と尚人が、二人に気づくと手を振ってくる。

「ふ、二人とも、可愛い……！」

手を振り返しながら、その愛らしい姿をスマホで激写する奏汰だ。

園児達の可愛いダンスが始まると、皓一郎も真剣な表情でビデオを回している。

途中で映像を見せてもらうと、律儀《りちぎ》に晴と尚人両方を撮影してくれていたので、奏汰は嬉しくなった。

そうして、運動会のプログラムは順調に進んでいき。

『さぁ、次は借り物競走で〜す。皆、頑張って！』

先生の誘導で、競技に参加する園児達がレーンに並ぶ。

晴の出番まであと少しで、カメラ越しに見る晴の横顔は、やや緊張しているように見える。

借り物競走は、園庭を一周し、置かれているメモに書かれているものを父兄達から借り、それを持ってゴールするのがルールだ。

眼鏡《めがね》やハンカチなど、比較的皆が持っているものが書かれるらしいが、晴が引くメモには、果たしてなにが書かれているのだろうか。

奏汰は固唾《かたず》を呑《の》んでスタンバイする。

「一応、いろいろ用意してきたんですけど」

と、パンパンに膨らんだトートバッグの中を、皓一郎に見せる。

そこには、栓抜きやらタオルにハンカチ、眼鏡、帽子など、いかにもお題に出されそうな品物がぎっしり詰まっていた。

中でも、ひときわかさばるのが晴お気に入りのハシビロコウのぬいぐるみだ。

運動会で一緒にお弁当を食べたいと主張され、滅多にワガママを言わない晴のために、わざわざ運んできたのだ。

「……きみは本当に用意周到《よういしゅうとう》だな」

「なに暢気《のんき》なこと言ってるんですか。晴くんは途中入園で、まだお友達と仲良くなれてないんですから、ここで一発バ～ンと一位を取らせてあげたいじゃないですか」

拳《こぶし》を握って力説すると、皓一郎は困惑した様子で沈黙し、そして「ありがとう」と言った。

「晴のことを……そこまで思ってくれて、感謝する」

「い、いや、そんなお礼を言われるほどのことじゃ……」

まさか、こんなに真摯《しんし》に感謝されるとは思わず、奏汰は逆にあたふたしてしまう。

その時、晴の出番がやってきたので、二人は即座にビデオとスマホを構えてスタンバイだ。

「晴くん、頑張れ！」

ピストルの音と共に走り出した晴は、驚くほど駆けっこが早く、見る見るうちに二番手を引き離していく。

そして、レーンに置かれていたメモを拾った晴は、それを見て即座に観覧席に向かって走ってきた。

「かなちゃん！」

「はい！　なにが必要？」

なんでもござれと、トートバッグを広げながら勢い込んで尋ねると、晴はこちらに向けてメモを広げてみせた。

そこには平仮名で『だいすきなひと』と書かれていた。

「かなちゃん」

「晴くん……」

「いっしょに、きて！」

そう頼まれ、奏汰は急いで観覧席から園庭へ出る。

すると、晴がまだなにか言いたげに、ちらちらと皓一郎を見つめていた。

だが、モジモジして、なにも言えない。

――もしかして……晴くんは、皓一郎さんにも一緒に来てほしいのかな？

そう気づいた奏汰は、晴の代わりに皓一郎に向かって右手を差し出す。

「皓一郎さんも、立って！」

「え……？」

なぜ？　と不思議そうな彼を急かし、とにかく父兄席から引っ張り出す。

皓一郎は右手でビデオを掲げたままだ。

「よし、行こう！　晴くん」

晴を真ん中に、その右手を皓一郎が、左手を奏汰が繋いでコースを走り出す。

ほかの子達はまだ借り物を探していて、晴が首位独走のまま、見事ゴールテープを切る。

保護者二人を引き連れた晴に、判定の先生が目を白黒させている。

するとに晴は、先生にメモを見せ、「はるのだいすきなひとはふたりいて、えらべなかったの」と真面目に説明した。

「そっか、そうだよね。もちろん合格です！」

先生の粋《いき》な計らいに、観覧席の父兄達から祝福の拍手が沸《わ》き起こる。

すると、晴は本当に嬉しそうに皓一郎と奏汰を見上げたので、二人も顔を見合わせ、微笑んだ。

その後は、『みんなでかけっこ』という、保護者と園児ペアでの徒競走があり、これは皓一郎が晴と、奏汰は尚人と参加してそれぞれ一位を取った。

こうした経験のない皓一郎にとっては、居心地が悪かったり、きつかったりするのではないだろうかと気を揉《も》んだが、皓一郎は思いの外楽しんでいる様子だ。

そして、昼休憩の時間になると、これからが真骨頂《しんこっちょう》だとばかりに張りきり、皓一郎が周囲の父兄達に声をかける。

「さぁ、皆さん遠慮なく召し上がってください」

と、皓一郎は満を持して、持参してきた五段重を広げる。

立派な漆塗りのお重の中には、いかにも子ども達が喜びそうな、豪華な創作イタリアンでまとめられたおかずが彩りよく詰められていた。

プチトマトと鶏肉を交互に刺したグリルチキンに、生ハムや皓一郎が焼いた一口サイズのミニキッシュなど、目にも鮮やかだ。

本格的なイタリアンではなく、ソーセージなどを使って、いかにも子どもが好きそうにアレンジされていて、奏汰もその出来映えには感心してしまう。

一度しか見せていないのだが、奏汰が描いた弁当のイラストにあったサラダなどもメニューに加えられていて、さりげない皓一郎の気遣いを感じた。

ほかにも、皆が試食しやすいようにとの配慮からか、小ぶりなサンドイッチにミニおにぎりなどがたくさん用意されている。

「わぁ、すごい!」

「おいしそう! あの、SNSにアップしてもいいですか?」

と、若いママ達は一斉にスマホを取り出す。

「もちろんです、どうぞ」

「皓一郎さんも入ってくださ〜い♡」

さっそく、ママ達が皓一郎と弁当を含めての記念撮影大会を始める。

ふと気づいて、こっそり皓一郎のSNSを確認すると、既に弁当の製作工程から何枚も写真がアップされ、つい数分前にも『甥っ子の運動会に参加中』と書き込まれていた。

その呟きは、瞬く間にリツイートされまくっている。

——すごい……拡散されてるよ。

これが、皓一郎が狙《ねら》っていた口コミ効果なのか。

自ら加賀見グループの広告塔と自負するだけのことはあって、さすが抜かりがない。

ようやく撮影会が終わり、奏汰が皆に紙皿と割り箸を配って、今度は試食大会となる。

「わぁ～、はるくんのおじさんのおりょうり、すご～い！」

「おいし～い！」

「ぼくにもちょうだい！」

彩りも美しいイタリアン弁当は、子ども達にも大好評だ。

はるくん、すごいねと友達に囲まれて、晴も誇らしげだ。

「晴くん、とっても喜んでますよ。よかったですね」

こっそり皓一郎に耳打ちすると、彼は鷹揚《おうよう》に頷く。

「当然だ。一時的とはいえ、この私が保護者になったというのに、晴にみっともない思いはさせられないからな」

――皓一郎さんってば、また格好つけちゃって。

いかにも、保護者としての体面を保つために頑張った体《てい》の皓一郎だが、人一倍熱心にビデオ撮影していたのを見ていた奏汰は、つい笑いを噛み殺す。

「あら、このだし巻き卵、本格的ね。おいしいわ」

すると、皓一郎が「これは尚人くんのお兄さんが作ってくれたんですよ」と紹介してくれた。

「そ、そんな大したものじゃ……自己流なので」

褒められると、奏汰は逆にあたふたしてしまう。

「にぃにのだしまきたまご、じゅわ～ってして、すっごくおいしい！　ほっぺがおっこちちゃうよね～」

と、尚人が晴に言い、一緒にそれを頬張っていた晴もこくこくと頷く。

「ありがと、二人とも」

尚人も、両親が急に参加できなくなってどうなることかと思ったが、友達に晴と一緒に「いいないいな」とうらやましがられて、ご機嫌のようでほっとする。

――尚人も、運動会を楽しんでくれてよかった……。

自分一人のために作る料理は、味気ない。

こうして、大好きな人達に食べてもらって、おいしいと喜んでもらえると作り甲斐があった。

皓一郎も、おいしそうにだし巻き卵を頬張る晴を、じっと見つめている。

この人は、いつも露悪的《ろあくてき》だ。

クールなスタンスを崩さないけれど、本当は晴のことをちゃんと考えているし、愛しているんじゃないかなと奏汰は思った。

こうして、運動会は大盛況のうちに終了し、帰途につく。

一日中砂埃《すなぼこり》を浴びてすっかり汚れてしまったので、マンションに帰ると即お風呂だ。

「私が夕飯を作るから、きみは晴を風呂に入れてくれ」

「わかりました」

皓一郎が率先して食事を作ってくれるのは初めてだったので、少し驚いてしまう。

「皓一郎さんが、ごはん作ってくれるって。楽しみだね」

「うん、おべんとも、すっごくおいしかった」

晴はまだ運動会の興奮が冷めやらぬらしく、風呂に入っている間も大はしゃぎだ。

風呂から上がり、晴をパジャマに着替えさせてからダイニングへ向かうと、わずか三十分ほどの短い時間のうちに、皓一郎はイタリアンの前菜からメインまで用意していた。

アボカドとトマトのカプレーゼにチキンのカチャトーラ、それにパルメザンチーズのニョッキはどれも彩りも美しく、まるで店で出される料理のように豪華だ。

「わ、すごいご馳走!」

「冷めないうちに、先に食べていてくれ」

そう言い置き、皓一郎は交代でシャワーを浴びに行ってしまう。

見ると、晴はご馳走を前にしても手をつけようとしない。

その気持ちがわかったので、奏汰も「皓一郎さんが来るまで、待ってようか」とにっこりした。

ややあって、風呂に入った後もきっちりとした私服姿に着替えて戻ってきた皓一郎は、テーブルの上を見て、なぜ先に食べなかったんだという顔をした。

「さ、一緒に食べましょう。いただきます！」

「いただきまぁす！」

彼になにも言わせないうちに、奏汰は晴と一緒に元気よく挨拶する。

三人で夕食を囲むのは初めてで、晴は今日の出来事をあれこれ楽しそうに話して、大人二人はにこにことそれを聞いていた。

おいしいディナーでお腹がいっぱいになると、晴がうつらうつらと船を漕《こ》ぎ出したので、急いで歯を磨かせ、ベッドに入らせる。

はしゃいで疲れたのか、あっという間に寝てしまったので、奏汰はこっそり子ども部屋を抜け出す。

その間に、皓一郎はすっかり後片付けを終えたところだった。

「すみません、なにもかもやってもらってしまって」

「いつもきみにおんぶに抱っこだから、たまには私もやらないとな」

皓一郎は、ワインセラーから一本ワインを選んでグラスを二つ用意している。

「いやぁ、お弁当大好評でしたね。皓一郎さんのお料理、どれもすごくおいしかったです」

奏汰が笑顔全開でそう告げると、皓一郎は照れ隠しのためかそっぽを向く。

「……きみは、いつもあけっぴろげに感情を表現するんだな」

「え？　だって、本当に楽しかったですから。あ、仕事なのにこんなに楽しんでちゃ、まずかったですか？」

だって、もう尚人と同じくらい、目の中に入れても痛くないくらいに晴が可愛いのだから、しかたがない。

「いや、仕事に『好き』と『楽しい』はとても大切だ。でないと、長続きしないからな」

冷蔵庫からチーズを出して切り分け、皓一郎は言った。

「では、運動会が無事終わったことを祝して、一杯やろうか」

「いいんですか？」

あまり強くないが、酒は嫌いではない奏汰は、晩酌《ばんしゃく》のお誘いについ乗ってしまう。

今日はとても楽しかったので、もう少しこの高揚した気分を皓一郎と共有したかったのかもしれない。

皓一郎がセレクトしてくれた赤ワインは、口当たりがよくてとてもおいしかった。

皓一郎の自宅には立派なワインセラーがあり、高級ワインが何十本も貯蔵されている。

ほかにも、会社スタッフなどの来客用に、コニャックやブランデーなど高級な酒やビールも揃っていた。

詳しくないのでよくわからないが、きっとこれも高級ワインなのだろう。

「ずっと言おうと思っていたが、きみが毎日記録してくれている日誌は、完璧だ。失礼だが、保育士の資格もないきみが、ここまできちんとやってくれるとは思っていなかった。晴もきみによく懐いているし、本当に助かっている」

「いえ、そんな……とんでもないです」

自分にできることを精一杯やっているだけのつもりだった奏汰は、そんなに褒めてもらえるほどではないと謙遜《けんそん》する。

それから少し、晴の保育園での話などをして、初めての二人だけの家飲みの時間はあっという間に過ぎ、ふと気づくと二時間以上も話し込んでいた。

「ご、ごめんなさい。皓一郎さん、お忙しいのに無駄話しちゃって」

「いや、こちらこそ、付き合わせてすまなかった」

お互い、なんとなくこの時間が終わってしまうのが残念な面持ちだったが、そこで解散となり、皓一郎は少し仕事をするからと書斎へ行った。

おやすみなさいと告げ、奏汰も子ども部屋へ戻る。

晴の隣にそぅっと戻って目を閉じたが、さきほどまでの楽しい時間の余韻《よいん》を反芻《はんすう》している自分に気づく。

——お酒が入ったせいかな？　いつもより緊張しないで、皓一郎さんと話ができた気がする。

運動会も楽しかったが、初めて皓一郎と落ち着いて話ができたことが、なにより嬉しい奏汰だった。

運動会から、数日後。

保育園のママ友達グループのSNS（もちろん奏汰も参加している）では、皓一郎の振る舞った弁当のことが話題になっており、皆その味を絶賛していた。

大好評だったので、奏汰もほっとする。

相変わらず皓一郎は多忙で、帰りは遅い。

その日、晴を寝かしつけながら、奏汰はうっかり一緒に寝てしまい、はっと気づくとリビングの方で人の気配がしたので、そっと子ども部屋を抜け出す。

すると、帰宅し、シャワーも浴びた後だというのに、皓一郎はきっちりとした高級シャツにスラックスという出で立ちで、キッチンに立っていた。

見ると、ブルスケッタや簡単なつまみを用意していたようだ。

「お帰りなさい」

なにげなくそう声をかけると、皓一郎はなぜか少し面映ゆそうな表情になった。

そしていったん沈黙してから、「晴はもう寝たのか？」と聞いてくる。

「はい、今日は外でよく遊んだので、ぐっすりです」

「そうか」

つまみが完成したらしく、皓一郎はそれとワインをトレイに載せ、ダイニングテーブルへ運ぶ。

「じゃ、俺はこれで」

せっかくのリラックスタイムを邪魔しては悪いと思い、おやすみなさいと挨拶して子ども部屋へ戻ろうとすると。

「よかったら、きみも飲まないか？」

予想外に声をかけられ、奏汰は戸惑ってしまう。

「え、でも……」

こないだは運動会だったから、特別だったと思っていた。

まさか、また家飲みに誘ってもらえるとは思わず、奏汰は驚いてしまう。

「私は今みたいに遅い時間にしか余裕がない。きみにとっては勤務時間外で申し訳ないが、飲みながらでいいから、晴の様子などを聞かせてほしい」

「わ、わかりました」

そういうことなら喜んで付き合いたいと思ったので、奏汰は二つ返事で了承した。

「じゃ、今日はビールをいただきます」

好きな飲み物をと勧められ、結局飲み慣れているものを選んでしまい、奏汰は冷蔵庫から缶ビールを取ってきた。

皓一郎がグラスを出そうとしたので、「あ、このままで」とプルタブを開ける。

奏汰は、缶ビールは直接飲むのが好きなのだ。

「は〜〜おいしい！」

久しぶりだったビールは胃袋に染みて、思わず声が出てしまう。

奏汰がいかにもおいしそうに飲んでいるので、皓一郎は楽しげにそれを眺めている。

「飲める方なのか？」

「いえ、ぜんぜん。ビール二、三本が限界です。でも、父の晩酌にときどき付き合うようになって」

酒に弱く、すぐ顔が赤くなってしまうけれど、味は好きなので少し嗜《たしな》んで心地よく酔うのは楽しい。

「よかったら」

と、皓一郎がつまみのブルスケッタを勧めてくれたので、そちらもありがたくいただくことにする。

「わ、すごくおいしい……！　さすがですね。これ、どうやって作るんですか？」

少しでも料理の腕を上げたい奏汰は、ついそこが気になってしまう。

「こんなものはあり合わせで作っただけで、料理とも言えないさ」

「そんなことないですよ。晴くんにも、食べさせてあげたいな」

本心からそう思ったので、なにげなく言ってしまうと、皓一郎の表情にわずかに影が走る。

料理が得意な皓一郎が、なぜ晴の食事はほとんど奏汰任せにしているのか、実はずっと気になっていたのだ。

もちろん、多忙で時間がないというのが一番の理由なのだろうが、奏汰にはそれだけではないような気がしてしかたがないのだ。

「……では、レシピを教えるから、きみが晴に作ってやってくれ」

その返事に、早くも酔いが回ってきた奏汰は、気が大きくなってきたのも手伝って、つい思っていたことを口にしてしまう。

「皓一郎さんが作ってあげるのが、晴くん一番喜ぶと思いますよ？」

すると、皓一郎は疚しいことを抱えているように目を伏せる。

「私には……晴を育てる資格などないんだ」

それは、いったいどういう意味なのだろう？

問い質《ただ》したかったが、さすがに聞きづらい。

ビールを一本飲み終えると、次は皓一郎にワインを勧められ、「それじゃ少しだけ」とご相伴《しょうばん》にあずかる。

「きみの作っただし巻き卵は、お世辞《せじ》抜きに絶品だった」

「そう言ってもらえると、嬉しいです。亡くなった母が、京都《きょうと》にある老舗《しにせ》料亭の娘だったので、子どもの頃からいつもだし巻き卵を作ってくれたんです」

ふんわりとして、たっぷりと良質な昆布《こんぶ》の出汁《だし》を含んだだし巻き卵は、いくら食べても飽きなくて、奏汰の大好物だった。

「そうか。人にはそれぞれ思い出の味があるからな」

「皓一郎さんにも、なにかあるんですか？　思い出の味」

なにげなく問い返すと、皓一郎はなぜか沈黙した。

「……両親は仕事で忙しくてほとんど家にいなかったから、食事はいつもハウスキーパーの作るものだったな。母の手料理を食べた記憶も、ほとんどない。ただ、姉が……」

「晴くんのお母さん、ですよね？」

奏汰の問いに、皓一郎は頷いた。

「姉も、その頃はまったくなにもできない、生粋《きっすい》のお嬢様だったが、気が向くとプリンを作ってくれたんだ。昔ながらの、固くてしっかりとした素朴なプリンだ。子ども心にうまくて、また作ってくれとせがんだ記憶がある」

家族との食の思い出はそれくらいかな、と皓一郎は苦笑した。

両親が揃っていながら、母親の手料理の記憶がほとんどないなんて、別の意味で不幸なのではないだろうか、と奏汰は思ってしまう。

皓一郎の家族関係は、あまり良好ではなかったのだろうかと気になったが、そこまで踏み込むことはできなくて、奏汰は話題を変える。

「あ、最近晴くんが、やっと自分の気持ちを言ってくれるようになったんですよ。俺、それが嬉しくて」

「どういうことだ？」

「普通は、あのくらいの年の子って甘えられる相手、お母さんとかには、お腹が空いた、あれしたい、これしたいって言うんですけど、晴くんはぜんぜん言わなかったんです。それはつまり、俺にはまだ甘えていい人じゃないって認識と遠慮があったわけで。それがやっと、こうしたいって言ってくれるようになったので、すごく嬉しくて」

そう説明すると、皓一郎は複雑な表情になった。

「それはきっと、私のせいだろう」

皓一郎が、故意に晴と距離を置いているのは、奏汰にもよくわかっていた。

——皓一郎さんは、晴くんを手放す時のことを考えて、わざと自分に懐かないようにしてるんだ、きっと。

一度心を通わせてしまえば、よけいに別れがつらくなる。

それが晴のためだと、信じているのだろう。

「でも、晴くんは皓一郎さんのこと、大好きですよ。見ていればわかります」

奏汰の言葉に、皓一郎はいったん沈黙し、そして語り出した。

「晴の母親、つまり私の姉とは、もう五年以上会っていなかった。親が猛反対していた相手とどうしても結婚すると言い張って、家を出てしまってね。両親は怒って絶縁を言い渡し、私もなんとなく姉に自分も見限られた気がして、こちらから連絡を取ることもなかった」

酒が入っているせいか、いつになく皓一郎は饒舌《じょうぜつ》だった。

「だがそれを、今は後悔している。私が連絡してさえいれば、夫を亡くして苦労している姉を手助けすることだってできたはずだ。そうしたら、姉は死なずに済んだかもしれない」

ああ、この人はいつもクールなふりをしているけれど、本質はとても優しい人なのだと奏汰は思った。

「うちの両親は、自分達が敷いたレールの上を走ることしか許さない、厳格な人なんだ。そして、そこから外れた姉を、彼らは許さなかった。姉はこうと決めたら、梃子《てこ》でも動かない人で、驚くほど明るくて活動的な人だった。そういうところも、きみに少し似ているな。晴がきみに懐くのも、わかる気がする」

「そ、そうですか？」

「両親は、かなり前から見事な仮面夫婦でね。別々に暮らし、それぞれの愛人とよろしくやっているが、世間体のために決して離婚はしない。晴の話があった時も、勘当した娘の子を引き受ける義理はないとけんもほろろだった。その後、晴の父方の祖母が引き取ると申し出てくれたんだが、ヘルニアが悪化して入院しなければならなくなって、その間私が面倒を見ることになったんだ」

「そうだったんですか……」

そんな愛のない両親を見て成長するうちに、皓一郎は人の愛情を信じられなくなってしまったのかもしれないな、と奏汰は思う。

「加賀見家の跡取りとして、常に人目にさらされることを意識していろ、家にいても気を抜くなと、事あるごとに叱責されて育ったから、その呪縛《じゅばく》が今でも続いているのかな。一人暮らしをしてかなり経つが、いまだに家でも寛《くつろ》げないんだ」

皓一郎が常に人目を気にしている理由を初めて知り、奏汰までつらくなる。

皓一郎の実家がどれだけ裕福で、両親がどれだけ高尚か知らないが、自宅ですらリラックスできないなんて、なんて窮屈《きゅうくつ》な家庭なのだろう。

「私は……内心、レールから外れる決断ができた姉をうらやんでいたのかもしれないな」

「皓一郎さん……」

両親の望むままに加賀見グループを引き継ぎ、その重圧を一身に背負う皓一郎の苦悩が、奏汰には初めて垣間見えたような気がした。

「皓一郎さんが、晴くんのために情を移さないようにわざと他人行儀にしてるのは、よくわかります。でも……晴くんは皓一郎さんに抱っこしてほしいって思ってて、あなたのことが大好きで。だから……たとえ離れてしまう運命にあるんだとしても、今は抱きしめてあげてほしいなって、思っちゃって」

すっかり酔いが回ってしまったのか、自分でも出過ぎたことを言っている自覚はあったが、止められない。

「ごめんなさい、俺……立ち入ったこと言っちゃって……」

そこで猛烈な睡魔が襲ってきて。

そこから先のことは、まったく記憶がなく、奏汰の意識は深い眠りの淵《ふち》へと引きずり込まれていった。


「ん……」

カーテンを閉め忘れたリビングに差し込む陽光の眩しさで、奏汰は目を覚ます。

なんだか温かくて、とても心地いい。

このまま、もう少し眠っていたいが、今何時なのだろう……？

まだ半分寝ぼけたまま、なんとか目を開けると、鼻先になぜか皓一郎の端正な横顔があった。

「え……？」

まだ事態がよく呑み込めず、慌てて上体を起こそうとすると、皓一郎の腕が自分の腰辺りをがっちりホールドしていることに気づく。

――な、なにこれ……？

リビングの巨大ソファーの上に皓一郎が横たわり、その彼の上に寄りかかって腰を抱えられる格好で密着して爆睡していた現実に、一気に血の気が引く。

「ん……」

すると、奏汰が身動きした拍子に目が覚めたのか、皓一郎も眩しげに顔をしかめた。

「もう朝か……？」

「はい……あの、おはようございますっ」

なんと言っていいかわからず、とりあえず朝の挨拶をすると、皓一郎も自分が奏汰を抱きしめていたことにようやく気づいたようで、慌てて手を放す。

「まさか、ゆうべはあのまま寝てしまったのか……？」

「どうやら、そうみたいです……」

皓一郎も、普段きっちりしているだけにこんな経験はなかったのか、愕然としている。

「……すまない。こんなだらしない真似をしたのは、初めてだ」

「い、いいえ、俺が悪いんです」

「ゆうべは少し、飲み過ぎたかな……」

「そ、そうですね……」

と、ソファーの上で気まずい謝り合戦をしていると。

「おはよ～」

パジャマ姿の晴が、眠い目を擦りながらリビングへと入ってきたので、二人は硬直した。

ソファーの上で抱き合う二人の姿を目撃した晴は、明らかにショックを受けている。

「こうちゃんが、はるのいないとこで、かなちゃんとねんねしてた……！」

「ち、違うぞ。それは誤解だ」

「そうだよ、晴くん。これは……そう！　晴くんと三人でねんねするのに、予行練習しようかって、ちょっと試してただけなんだ。ね、皓一郎さん？」

奏汰が咄嗟《とっさ》にそう言い訳し、同意を求めると、皓一郎も「そ、そうだな……」と頷く。

「……ほんと？」

「ああ、本当だ。おいで」

そう言ってしまった手前、後には引けず、皓一郎が両手を伸ばす。

すると、少しもじもじした後、晴はタッと駆け出してきて二人の胸に飛び込んだ。

「そしたら、これからずっと、さんにんでねんねしてくれる？」

大きな瞳を期待でキラキラさせた晴に問われ、さしもの皓一郎も否とは言えなくなったようだ。

「いや、それは奏汰くんが困るから……」

「いえ、俺は大丈夫です！」

食い気味に晴の掩護射撃《えんごしゃげき》をすると、皓一郎は最後の逃げ道を塞《ふさ》がれ、不承不承《ふしょうぶしょう》頷いた。

「う、うむ……私は仕事で帰りが遅いことが多いから、では早く帰れた日にということにしようか」

「やった！　晴くん、よかったね！」

「わ～い！　さんにんでねんねだぁ」

奏汰も嬉しくて、晴をぎゅっと頬擦りして抱きしめる。

きゃっきゃと喜び、一段落すると、晴は皓一郎に向かって小さな両手を広げ、「ん」と促した。

「なんだ？」

「いいことがあった時は、うれしいのハグをするんですよ」

「いや、私は……」

「だってこれ、加賀見家のルールなんで」

「なぜ我が家のルールを、きみが決めるんだ……」

「いいからいいから！」

皓一郎さんもどうぞ、と勧めると、皓一郎は「まったく、きみにはかなわないな……」と苦笑した。

そして、おっかなびっくりといった手つきで小さな晴の身体を抱きしめる。

すると晴は、皓一郎の頬に自分のぷにぷにのほっぺを擦り寄せ、「こうちゃんのおひげ、ちょっとジョリジョリする～」と嬉しそうに笑った。

「かなちゃんもやってみて！」

「え……か、かなちゃんはいいよ」

今度は奏汰が遠慮すると、さきほどの意趣《いしゅ》返しのつもりか、皓一郎が身を乗り出してくる。

「駄目だ、これは加賀見家のルールだからな。さぁ、あきらめてきみもジョリジョリの刑を受けるといい」

「ひゃっ……！」

皓一郎に抱きしめられ、頬を擦り寄せられて思わずおかしな声が出てしまう。

他人とこんなに接近したのも、接触したのももちろん皓一郎が初めてだったので、心臓が口から飛び出しそうなくらいにドキドキしてしまった。

「ね、ジョリジョリでしょ？」

「う、うん……」

本当は彼の体温にドキドキしてしまって、それどころではなかったのだが、奏汰は耳まで赤くなって頷く。

「これからは言うことを聞かない子は、朝一番のお髭《ひげ》ジョリジョリの刑だからな」

皓一郎が妙に真面目な顔でそう宣言したので、奏汰と晴はつい笑ってしまう。

――よかった。二人が少し距離を縮められたみたいで。

まだまだぎこちない二人だけれど、この調子で仲良くなっていってくれたらいいな、と奏汰は心から願っていた。

と、一応そんな約束をした皓一郎だったが、それからしばらくはまた忙しいらしく、帰宅は深夜を過ぎていたので、『三人で一緒にねんね』の約束はいまだ果たされずにいた。

――――でも、夜中一時とかに帰ってきて、朝六時頃にはもういないんだから、いったいいつ寝てるんだろう？　無理して身体を壊さなきゃいいんだけど……。

出会った当日、過労で高熱を出していたりしたので、奏汰は彼の健康が心配だった。

そんなことを考えながら、夜、保育園の日誌を書いていると。

「かなちゃん」

寝かしつけたはずの晴が、パジャマ姿でリビングへやってきた。

「ん？　どした？」

急いで立ち上がり、近づくと、晴は小さな両手をバンザイさせて奏汰を見上げる。

「……だっこ」

「わぁ、抱っこさせてくれるの？　嬉しいな」

そう言って、ひょいと晴を抱き上げる。

「眠れない？　目が覚めちゃったのかな」

いつになくぐずりモードの晴を、抱っこしたままゆっくり左右に揺すりながら背中を摩ってやる。

すると奏汰の首にしがみついた晴が、ぽつりと呟いた。

「……こうちゃんと、ねんねしたい」

「え……？」

「こないだ、いっしょにねんねしてくれるっていったのに……まだしてくれないよ？」

言ってしまってから、自分でもワガママだと思ったのか、晴は奏汰の肩に顔を埋めてしまい、それきり喋ろうとしない。

ここに引き取られてから、皓一郎は一度も晴に添い寝をしていないと聞いた。

――なかなか口には出せなくても、やっぱり皓一郎さんが好きなんだ、晴くん……。

無理もない。

こんなに小さいのに、たった一人の肉親を亡くして会ったこともなかった叔父に引き取られ、寂しくないわけがない、不安でないはずがない。

そう思うと、またぞろお節介の虫がむくむくと頭をもたげてきて、なんとかしてやりたくなってしまう。

「……よし！　こうなったら実力行使あるのみ、だ！　今日は皓一郎さんのベッドで待ち伏せしよう」

「え……いいの？」

「大丈夫。きっと皓一郎さん、びっくりするぞ」

びっくりどころか、きっと叱られるだろうが、自分が小言を言われれば済むのだからと割り切り、奏汰は晴を連れ、思い切って皓一郎の寝室のドアを開けた。

最近、晴が保育園の間は時間があるので、奏汰がやると申し出て、清掃業者の予定は減らしてもらっている。

書斎は仕事の書類もあるからと掃除も断られ、入室を禁じられているが、寝室はシーツの取り替えやベッドメイクがあるので、普段から出入りしていた。

皓一郎の寝室は壁紙や家具もシックなダークブラウンで統一され、これまたモデルルームのように整然としている。

――いつ見ても、実際人の住んでる部屋には思えないんだよなぁ。

余分なものはなに一つ置かれていない、無機質な部屋。

モダンではあるが、こんな味気ない部屋で安眠できるのだろうかなどと考えてしまう。

一方、皓一郎の寝室に入るのは初めての晴は、物珍しげにきょろきょろしている。

「さ、ベッドに入って。寝つくまでそばにいるよ」

皓一郎は長身で体格がいいので、ベッドもキングサイズのセミダブルを使っているから、晴と一緒でも寝られるはずだ。

晴を布団に入れると、晴は「かなちゃんも」と小さな手を伸ばしてきた。

「え、俺も？」

さすがに雇い主のベッドに無断で入るわけには、と躊躇《ちゅうちょ》していると、晴がぐずって半ベソになる。

「わ、わかったから」

こうなったら晴を寝かしつけ、皓一郎が帰宅する前に起きて事情を説明すればいいかと腹を決め、自分もベッドの隅に横になる。

「こうちゃんのベッド、おっきいね」

「そうだね、寝心地いいね」

高級ベッドなのだろう、身体も沈み込まず、快適だ。

「こうちゃんのにおいがする」

晴の言葉に、言われてみればかすかに彼が愛用しているコロンの香りがすることに気づいた。

シーツは毎日替えているが、夜具には自然と住人の匂いが染みついているのだろう。

「ほんとだ……」

いい香りだな、とうっとり目を閉じると、昼の疲れもあって耐えがたい睡魔が襲ってくる。

――駄目だ、皓一郎さんが帰ってくる前に起きないといけないのに。

なんとか目を開けようと頑張ったが、奏汰の意識はそのまま深い眠りへと引き込まれていった。

「……ん……」

心地よい眠りからふと覚醒し、奏汰は寝返りを打とうとして、なにやら身動きが取れないことに気づく。

「……?」

半分寝ぼけたまま上体を起こし、ベッドを振り返って一瞬で目が覚める。

自分の隣では、右向きに丸まった晴を背中から抱え、同じ格好で眠っている皓一郎の姿があったのだ。

――ひ、ひょっとして俺、朝まで皓一郎さんのベッドで寝ちゃったのか……⁉

あまりの失態に、全身の血の気が一気に引いていく。

皓一郎が帰宅したのも、そしていつベッドに入ってきたのかもまったく気がつかなかった。

「ん……」

奏汰が硬直していると、その気配に気づいたのか、皓一郎がうっすらと目を開く。

「あの……おはようございます」

朝の挨拶をしている場合かと思いつつも、小声でそう言うしかない。

ようやく目覚めた皓一郎は、山ほど言いたいことがあるぞと言いたげに奏汰を一瞥する。

「か、勝手なことしてすみません。俺が悪いんです。晴くんを叱らないでください」

晴を起こさないよう、ひそひそ声で謝ると、皓一郎がため息をつく。

「帰ってきたらきみ達の姿がないので、心底驚いたぞ。あちこち部屋を捜し回って、最後に寝室のドアを開いた時の私の驚きをわかってもらえるかな？」

「す、すみません……」

ちゃんと起きて、彼に事情を説明するつもりだったのに。

奏汰はただ、平謝りするしかない。

——ひゃ～っ、どうしよう⁉

あろうことか、雇用主のベッドで朝まで眠りこけてしまうなんて、と奏汰は青くなる。

が、皓一郎ははっと我に返った様子で、なぜか自分の髪を両手で押さえた。

「と、とにかく、こっちを見ないでくれ……！」

「え……どうしてですか？」

不思議に思って首を傾げると、その時、晴が目を覚ます。

「あ……こうちゃん、かなちゃん、おはよ～」

まだ眠いのか、小さな手で目許を擦りながらもぞもぞと這《は》い出した晴は、皓一郎を見て、一言。

「あ、こうちゃんのかみのけ、ぴょんぴょんだ！」

「こら、晴っ、言うんじゃないっ」

甥っ子に指摘され、皓一郎はさらに慌てふためいて髪を撫《な》でつける。

が、晴の言う通り、普段は一分の隙もなく整えられている皓一郎の髪は、後頭部が妙な角度で飛び跳ねまくっていた。

「……昔から寝癖がひどくてね。寝起きの姿は、今まで誰にも見せたことはなかったのに」

ついに見たな、と恨めしげな視線を向けられ、奏汰は思わず笑ってしまう。

「寝癖がちょっとくらいあったって、皓一郎さんは素敵ですよ。そんなの、ぜんぜん気にすることないのに」

「……本当か？」

「ええ。ね？　晴くん」

「うん。はねてても、こうちゃんはかっこいいよ！」

晴も、即座にそう同意する。

「……そうか」

一応片手でまだ後頭部を押さえてはいるものの、皓一郎は満更でもないようだ。

「さ、そしたら朝ご飯の支度しますね。今日は皓一郎さんも一緒に、食べていただけますか？」

思い切ってそう誘ってみると、晴も、『おねがい、うんっていって』と言いたげな表情でじっと皓一郎を見つめている。

その視線に気づいたのか、皓一郎は手を下ろし、一拍置いて言った。

「それじゃ、いただこう。晴は私と一緒にお着替えして、顔を洗うぞ」

「うん！」

晴を連れた皓一郎がバスルームへ向かうのを見送り、奏汰は自分も急いで着替えを済ませ、顔を洗ってからキッチンへ向かう。

高級仕様の皓一郎のマンションは、まるでホテルのように洗面台が二つあり、朝の洗顔で渋滞せずに済んで便利だ。

「晴くん、卵は？」

「オムレツ！」

「オッケー、半熟チーズオムレツね」

皓一郎さんは？　と聞くと「同じでいい」との返事だ。

リクエストを受け付けると、奏汰は手早くボウルに卵を溶き、そこにとろけるチーズをパラパラと散らして油を熱したフライパンに流し込む。

毎朝やっているだけあって、自分的にはだいぶ上達してきたと思うのだが、本職の皓一郎に出すのは、やはり緊張する。

今朝のメニューはプチトマトとレタスのサラダ、半熟チーズオムレツ、カリカリに焼いたトーストにバターを載せ、デザートとしてくし切りにしたオレンジを添える。

皓一郎がきっちりと髪を整え、いつもの隙のない洒落た出で立ちで、そして晴も後は保育園のスモックを羽織るだけのポロシャツにバミューダパンツという格好でダイニングにやってきた時、タイミングよくすべての準備が整った。

「冷めないうちに、召し上がれ」

「わぁ、おいしそう！　いただきまぁす！」

奏汰のチーズオムレツがすっかり大好物になった晴は、さっそくスプーンを上手に使ってかぶりついている。

「皓一郎さんも、どうぞ。習ったわけじゃなくて自己流なので、お口に合わなかったらすみません」

おずおずそう勧めると、皓一郎も「いただきます」と軽く一礼し、オムレツを口へ運んだ。

そして一口食べた後、「チーズのとろけ具合がちょうどいい。おいしくできていると思うよ」と褒めてくれた。

「本当ですか？」

料理を褒めてもらえて、奏汰はつい舞い上がってしまう。

「あのね、かなちゃんのチーズオムレツはとろとろで、すっごくおいしいんだよ。まいにち、いっしょにたべないと、そんしちゃうんだよ」

口の周りをケチャップでベタベタにしながら、晴が一生懸命皓一郎に説明する。

初めて三人で朝食を摂り、晴もまた嬉しいのだ。

幼いながらに、必死に自分を説得しようとする姿に、皓一郎も思うところがあったのだろう。

「……そうだな。これは毎日晴と一緒に食べないと、損だな」

と同意し、ティッシュで晴の口許を拭ってやった。

「そしたら、あしたもいっしょにたべてくれる？」

「ああ」

「あさっても？　そのつぎも？」

「できるだけな」

「やったぁ！」

椅子に座りながら、全身で喜びを表した晴は、「かなちゃん、こうちゃんがいっしょにあさごはん、たべてくれるって！」と奏汰にも報告してきた。

「よかったね、晴くん」

その喜びようが我がことのように嬉しく、奏汰もにっこりしたのだった。


その週の休日は、皓一郎が接待ゴルフの日帰り旅行で伊豆《いず》に出かけるというので、奏汰は晴を連れて実家へ帰ってもいいかとお伺いを立てた。

以前尚人と約束したので、もっと早く遊びに行きたかったのだが、双方の都合がなかなか合わず、延び延びになっていたのだ。

「久しぶりに実家で羽根を伸ばしてくるといい」

皓一郎は快諾してくれ、そしてこう付け加えた。

「きみの家庭もいろいろあるだろうが、いったん離れて暮らしてみると、一緒に暮らしていた頃とはまた違う目線で家族を感じることができるんじゃないかな」

その言葉の意味が、今ならなんとなく理解できた。

実家にいた頃は、勝手に気を遣い、早く独り立ちしたいとばかり焦っていたが、いざこうして家や家族と離れてみると、そのありがたさがしみじみとわかるような気がしたから。

皓一郎は早朝出かけていったので、奏汰と晴はのんびり支度をしてから、今日は節約してバスで出かけることにする。

「きょうはなおくんと、いっぱいあそんでいい？」

「ああ、もちろん。皆で遊ぼうね」

大好きなバスにも乗れて、晴はご機嫌だ。

久しぶりに目にした実家は、なんだか今までとは少し違って見えるような気がした。

合い鍵を持っているので鍵を開け、ドアノブに手をかけた奏汰は、なんと言って入るか一瞬躊躇する。

『こんにちは』？　それとも『ただいま』？

迷った末に、奏汰は思い切って「ただいま」と告げ中へ入った。

すると、待ちかねていたように尚人と、エプロン姿の義母が出迎えてくれる。

「はるくん、いらっしゃい！　ゲームしよ！」

「うん」

ちびっ子二人は、奏汰が靴を脱ぐ間ももどかしく、手を繋いで走っていってしまう。

すると、後に残された義母が少し照れくさそうに「お帰り、奏汰くん」と言ってくれた。

――ああ、『ただいま』でよかったんだ。

ここはまだ、自分の家だったのだと、奏汰は胸が熱くなる。

「あのね、こうちゃんがね、なおくんといっしょにたべなさいって、おかしいっぱいくれたんだ～」

リビングへ上がると、晴はお気に入りのパンダ型リュックの中に、たくさん詰め込んできたお菓子を次々と取り出してみせる。

「義母さん、これ、皓一郎さんから」

と、奏汰は彼から言いつかってきた贈答品を差し出した。

いずれも、こだわりの材料で作られたハムの詰め合わせセットと、カガミブランドのマフィンやマドレーヌだ。

「まぁ、こんなお高いものいただいちゃって、申し訳ないわ。皓一郎さんって、素敵なだけじゃなくて気の利く方なのねぇ。最近テレビで見かけない日はないくらい大人気じゃない。もうすっかり芸能人みたいね」

「うん、その分、すごく忙しそうだけど」

皆、皓一郎の貴公子然としたイメージに欺《あざむ》かれていると思うと、おかしくなる。

一緒に暮らして知った素の皓一郎は、自身のライフスタイルに関してこだわりが強いし、寝癖がすごいのに。

そんな彼を知っているのは、自分と晴だけなのだと思うと、なんだか嬉しい。

午前中は散歩がてら、少し離れた大型公園へ遊びに行き、晴と尚人はブランコやシーソーで思いきり遊んだ。

ランチは義母が、ホットプレートでお好み焼きを焼いてくれる。

義母は関西出身なので、材料も本格的な上、食べるのにコテを使う。

削り節を載せたり、青海苔をかけたりと一緒にお手伝いをして、晴と尚人のテンションもマックスだ。

「いただきまぁす！」

「よく、ふぅふぅしてね」

コテでお好み焼きを切り分け、少し冷ましてから晴の口へ入れてやる。

「おいし〜い！」

はふはふとおいしそうに頬張り、晴がにっこりすると、尚人も「ぼくもぼくも！」と身を乗り出し、ひな鳥のようにあ～んと口を開けた。

「はいはい、ちょっと待って」

二人の口に交互にお好み焼きを運んでやり、奏汰は大忙しだ。

食後は尚人がテレビゲームをやろうと言い出し、奏汰もリモコンを手にレーシングゲームに参加する。

ちびっ子二人が揃うと、とにかく賑やかだ。

あんまりはしゃぎ過ぎて疲れたのか、夕方になると眠くなってきた二人は、ソファーの上で仲良くお昼寝だ。

そのあどけない寝顔を眺めながら、奏汰と義母はダイニングでお茶を飲んでいた。

「晴くん、よく懐いてるわね」

「うん。初めは遠慮してたけど、最近ではちゃんと甘えてくれるから嬉しいんだ」

素直にそう感想を述べると、義母は薄く微笑む。

「奏汰くんが、住み込みのシッターの仕事をするって言い出した時には、いくら今まで尚人の面倒を見てくれてたからっていっても、正直務まるのかしらって心配だったんだけど、無駄な心配だったみたいね。本当によかったわ」

「義母さん……」

「晴くんも、尚人も、あなたのことが大好きなのは見ていればわかるもの。いくら小さくても、二人とも、あなたが自分達のことを大切に思ってくれてるのがわかるのよ、きっと」

「そうかな……?」

だったらすごく嬉しいな、と奏汰ははにかんだ笑みを見せる。

「でもね、たとえこの先、本当にあなたがこの家を出ることになったとしても、いつでも『ただいま』って言って帰ってきていいのよ。だって、ここはあなたの家なんだから」

「……ありがとう、義母さん」

確かに、皓一郎の言う通りだと思った。

晴のシッターになるまでは、ただひたすら家を出て自立しようと焦っていたが、こうして離れてみると今までいかに自分が親の庇護《ひご》の下にぬくぬくと暮らしてきたのかを思い知った。

そして同時に、いかに両親が自分を大切にしてくれていたかを思い知った。

――俺って、ガキだったなぁ。

今まで、一人で大きくなったような顔をしていたが、ここまで成長するには両親の庇護と愛情が不可欠だったのが晴の世話をしていてよくわかった。

実の母はもういないけれど、なさぬ仲で共に暮らした義母も、自分を大切に思ってくれているのは知っている。

今は、素直に家族に感謝できる気がした。

そんなこんなで、久しぶりの実家でのんびりしているうちに、時間はあっという間に過ぎていく。

「あらあら、もう六時なのに二人とも起きないわね。帰り、どうするの？」

「まだバスがあるから、おんぶして帰るよ」

皓一郎にはいつもと同様タクシーを使うようにと申し渡されているのだが、なんとなく贅沢をしているような気がして使いにくい。

なので、バスで帰宅するべくぐっすり眠っている晴を背負おうとした時、スマホが鳴った。

見ると、皓一郎からだったので急いで出る。

『私だ。今、どこにいる？』

「まだ実家です。これから出ようと思ってたとこで」

『私も今帰りだ。そちらに向かっているから、あと十分待っていてくれ』

まさか皓一郎が伊豆の帰りに迎えに寄ってくれるとは思わず、奏汰は少し驚いてしまう。

だが、その言葉通り、皓一郎はほどなく奏汰の家のマンションまで迎えに来てくれた。

「あらまぁ、奏汰がいつもお世話になっております」

「いえ、こちらこそ。奏汰くんはよくやってくれて助かっています」

皓一郎が義母の前でそう褒めてくれたので、奏汰は耳まで赤くなる。

義母と玄関先で挨拶を交わしてから、皓一郎はまだ眠っている晴を抱いて車まで運び、後部座席のチャイルドシートに乗せた。

ゴルフなのに、チャイルドシートを装着したまま出かけていたのは、最初から帰りに迎えに来るつもりだったからなのだろう。

「あの……わざわざ寄ってくださってありがとうございました」

「どうせ帰り道だ。問題ない」

皓一郎は素っ気なく言うが、この道は伊豆からの帰りには通らないので、皓一郎が二人を迎えに来るためにわざわざ遠回りをして寄ってくれたのは明らかだった。

――皓一郎さんって、クールぶってるけど本当は優しいんだよね。

けれど、決して素直に認めないので、そんなところが最近妙に可愛らしく思えてしまうから不思議だ。

当人には、口が裂けても言えないのだが。

「それに、タクシーを呼べと言っても、きみはバスがある時間だとバスで帰ろうとするからな」

「わ、よくわかりましたね。すごい……！」

「きみの行動パターンは既に把握している。見くびらないでもらおう」

だとしたら、皓一郎は自分の行動パターンを見抜くほど、よく観察していたということなのだろうか？

そう考えると、なぜだか猛烈に恥ずかしくなってくる。

「でもまぁ、楽しかったようだな。晴の寝顔を見ればわかる」

「はい、とっても」

「そうか、よかったな」

ちらりと様子を窺うと、ハンドルを握る皓一郎は穏やかな微笑を浮かべていた。

——なんか、しあわせってこういう感じを言うのかな……？

人に話してもわかってもらえないかもしれないが、ささやかな日常の中のしあわせを、奏汰はひそかに噛みしめる。

マンションの地下駐車場に着き、奏汰が晴を降ろそうとすると、それを制し、皓一郎が抱き上げた。

そのままエレベーターに乗ると、ようやく目を覚ましたのか、晴が半分寝ぼけながら目を開ける。

「こうちゃん……？」

「起きたのか」

「あのね、すっごくたのしかったんだぁ。かなちゃんのおうちで、なおくんといっぱいあそんでね……」

いろいろ皓一郎に報告したいことがあるのに、まだ眠くて、晴はうにゅうにゅと皓一郎の首にしがみつく。

「わかったわかった。明日ちゃんと聞くから」

「ん〜〜〜」

普段は遠慮があって、なかなか甘えられない晴だが、眠くてぐずっているので、皓一郎の頬にぎゅうっと柔らかいもちもちの頬を押しつけ、ぐりぐり頬擦りしている。

どうやら、いつも奏汰にねだられてしているのを勘違いしているらしい。

「おひげ、ちょっとジョリジョリする〜〜」

「こ、こら、よしなさい……っ」

珍しく晴に甘えられ、皓一郎はどう反応していいかわからず、明らかに狼狽《ろうばい》している。

そんな二人が可愛らしくて、奏汰はつい笑ってしまったのだった。


その日の深夜、いったんは寝ついたものの、なんだか喉《のど》が渇《かわ》いて目が覚めてしまい、奏汰は晴を起こさないようそっと子ども部屋を出た。

キッチンへ向かうと、電気が点《つ》いていて、皓一郎がなにか作業をしている。

「皓一郎さん？　こんな夜中に、どうしたんですか？」

「……きみか」

見つかってしまったと、なんだかバツが悪そうな皓一郎だったが、バットに入ったいくつかのプリンカップを冷蔵庫にしまった。

「ちょうどよかった。プリンを作ったから、明日晴に食べさせてやってくれ」

「プリン……？　ひょっとして、晴くんのお母さんが得意だったプリンですか？」

皓一郎の料理の腕前と舌でなら、かつての姉の味を再現することも難しくはないだろう。

「晴くん、きっと喜びますよ。俺も、すっごい嬉しいです」

思わず興奮してそう言ってしまってから、「あれ、なんで俺が喜んでるんだろう？　おかしいですよね」と照れ笑いして誤魔化《ごまか》す。

「きみは本当に、優しいな」

ふと微笑み、皓一郎が右手を伸ばし、奏汰の髪に触れてくる。

皓一郎にじっと見つめられると、寝間着代わりにしている安物のTシャツにスウェット姿が、なんだか急に気恥ずかしくなってしまった。

優しく指先で梳《す》くように撫でられ、なぜだかそのままキスされるような気がして、奏汰は硬直した。

身動きできずにいると、ふと我に返ったのか皓一郎が手を離す。

「……きみも、寝癖がついていたぞ」

「そ、そうですか？　はは……」

——な、なんだ、俺の勘違いだったんだ。恥ずかしい……。

どうして、キスされるかもしれないなんて思ってしまったのだろう？

「そ、それじゃ、おやすみなさい！」

水を飲みに来たことも忘れ、奏汰は急いで子ども部屋へ逃げ帰ったのだった。


翌日、奏汰は晴のおやつにプリンを食べさせようとしたが、皓一郎が作ったと教えると、晴は『こうちゃんがかえってから、いっしょにたべる』と言って手をつけようとしなかった。

「でも、すごく遅い時間になるかもしれないよ？」

「いいの」

と、晴は頑として意見を曲げない。

困った奏汰は、皓一郎にメールで報告すると、彼からは『なるべく早く帰る』と返信があった。

その言葉通り、いつもより少し早めに帰宅した皓一郎を出迎えると、晴は「いっしょにプリンたべよ」と誘う。

すると皓一郎はプリンをガラスの器に盛りつけ、生クリームをトッピングしてサクランボを載せてくれた。

奏汰も誘われ、三人で皓一郎が作ってくれたプリンを食べる。

「……ママの、プリンのあじがする」

一口食べると、晴がぽつりと言う。

「そうか。レシピは晴のママに教わったからな。私も……晴のママのプリンが好きだったよ」

その言葉に、晴は大きな瞳で皓一郎を見上げる。

「はるもね、ときどきママのことおもいだして、さみしくなっちゃうの。こうちゃんも？」

晴の質問に答えるまで、皓一郎には一拍の間があった。

そこで、奏汰は以前彼が話してくれたことを思い出す。

自分と違い、家を捨てて自由になった姉に嫉妬する気持ちと、それでも血を分けたたった一人の姉弟への気持ちと、皓一郎が抱えているのはかなり複雑な思いなのだろう。

それでも、彼は姉が遺《のこ》した宝物を、こうして大切に育てている。

それで充分なのではないか、と奏汰は思った。

「……ああ、そうだな」

皓一郎が頷くと、晴は小さな両手を広げる。

「こうちゃんがさみしくないように、はるがだっこ、してあげる」

初めて、自分からそう申し出た晴に、皓一郎は戸惑いの表情を見せる。

が、やがておずおずと、その小さな身体を抱きしめた。

どう見ても晴が抱っこをされている構図なのだが、晴は皓一郎を抱っこし、よしよしとあやしてやっている気らしい。

「ママも、だいすき。こうちゃんも、だいすき」

「晴……」

「すきって、いっぱいいったほうがみんなうれしくなるんだって、かなちゃんがおしえてくれたよ。かなちゃんも、みんなみんな、だ～いすき」

「……そうか」

やっと好きな人に『大好き』と言えた晴は、子どもながらに誇らしげだった。

「また、プリンつくってくれる？」

「……ああ、もちろんだ」

皓一郎の瞳に光るものが見えたが、奏汰は見なかったふりをする。

が、自分までもらい泣きしてしまいそうなのをぐっと我慢した。

――二人が仲良くなれて、本当によかった……。

その様子を見守っていた奏汰は、自分まで嬉しくなったのだった。


その一件があったからか、はたまた仕事が一段落ついたからなのかはわからないが、それから皓一郎は以前よりも早く帰宅するようになった。

そうなると、夜の家飲み会の回数も自然と増えてくる。

不定期で開催される二人の深夜の家飲み会は、回を重ねるごとに次第にざっくばらんになっていく。

「皓一郎さんも、自分の家だからもっとリラックスすればいいのに」

「え……？」

「Tシャツとかスウェットとか、楽な格好して、ほら、つまみだってわざわざ作らなくたって、乾き物用意しておきましたよ」

と、奏汰はゴソゴソと戸棚を探し、スルメとピーナッツを取り出す。

袋も雑に破り、中のプラスティックのトレイを引っ張り出し、皿にも載せ替えずそのままひょいとつまむ。

「ほら、皓一郎さんもどうぞ。おいしいですよ」

「あ、ああ。いただこう」

彼の美意識に反するのか、不承不承ではあったが、皓一郎はビールを缶から直接飲み、スルメを囓る。

そんな自分を、皓一郎がじっと見つめているのに気づき、奏汰は少し気恥ずかしくなった。

「どうしたんですか？」

「いや……家に帰ってきて、こうして話ができる相手がいるというのは、いいものだなと少し思った。一人暮らしが長かったからな」

「皓一郎さんはモテるから、その気になればいつだって結婚できると思いますよ？」

「……私は、他人の人生を背負う勇気がないのかもしれない。不仲な両親を見て育ったから、家庭に対する憧れもないし、まして子どもを育てるなんて、今まで考えたこともなかった」

傍目《はため》から見れば富や名声、ルックスなどすべてを持ち合わせていて、コンプレックスなどとは無縁に見える皓一郎だが、根は意外に生真面目なところがあるんだなと奏汰は思った。

「皓一郎さん、家でもきっちりしてるから考え過ぎちゃうんですよ。外で頑張って働いてるんだし、家ではテキトーな服でだら～っと過ごせばいいんですよ。ほら、俺なんか人様の家で、こんなラフな格好してるんですから」

と、激安ブランドのスウェットを愛用している奏汰は、自分を引き合いに出して笑いを取りにいく。

「この方が動きやすくて、晴くんとプロレスだってできますよ。そうだ、今度一緒に買いに行きましょう」

皓一郎さんは、なにを着ても似合うから、大丈夫！　と太鼓判《たいこばん》を押すと、彼は面映ゆそうに笑った。

「きみはいつも、前向きで明るいな。どうしたら、そんな風にいられるんだ？」

「そりゃ、俺だって悩みはありますよ。なんたって無職ですからね！　でも、そのことに囚《とら》われてもしょうがないし、今は縁あって晴くんのお世話をすることになったんだから、晴くんと皓一郎さんが少しでも楽しく暮らせればいいと思ってます」

自分で言いながら、奏汰ははたと現実に気づく。

そうだった。

この仕事はあくまで暫定的ということで引き受けたもので、皓一郎は今なら正式なシッターを雇うこともできるのだ。

自分だって、いつかはちゃんと就職しなければならない身だ。

三人でのこの生活が、いつまでも続くわけではないのだと気づくと、奏汰はどうしようもなく寂しい気持ちになった。

――――バカだな……そんなの、当たり前じゃないか。俺は二人と赤の他人で……家族でもなんでもないんだから。

なのになぜ、こんな気持ちになってしまうのだろう？

いつしか皓一郎と晴と離れがたくなってしまっている自分に、奏汰は戸惑った。

「どうした？」

急に黙り込んでしまった奏汰を訝しみ、皓一郎が声をかけてくる。

「い、いえ、なんでもないです。部屋着、買いに行く時間できたら言ってくださいね」

自身の気持ちを押し隠すために、奏汰は無理に笑顔でそう誤魔化した。

◇　◇　◇

いつものように晴と二人で摂った夕飯の後片付けを済ませ、皿をしまい終えたところで、奏汰ははっと壁の時計を見上げる。

「いっけない！　晴くん、皓一郎さんの出る番組始まるよ」

「は～い！　テレビつけるね」

晴も慣れたもので、リモコンでリビングのテレビのチャンネルを合わせる。

皓一郎の出演した番組の録画は、着々と増え続け、加賀見家のテレビ用ハードディスクに保存されていく。

最近はグルメ番組やそれに付随した料理番組などが人気があるので、トークもうまくルックスもいい皓一郎は、その辺の下手なタレントより視聴者受けがいいらしく、引っ張りだこの人気のようだ。

奏汰がソファーへやってくると、晴は当たり前のようにその膝の上に座ってきた。

こうして素直に甘えてくれることが、なにより嬉しい。

今日の番組はバラエティだが、ゲストの皓一郎にスポットが当てられていて、リストランテ・カガミの店内や料理を皓一郎自身が紹介する構成になっていた。

リストランテ・カガミは、高級イタリアンレストランチェーンとしては都内を中心に全国で十店舗ほどだが、母体の加賀見グループは高級食材を扱うセレブ層向けスーパーの経営や、ワンランク上質なレトルト食品や缶詰、オーガニックにこだわったメニューなどの高級宅配事業などにも参入しており、現在右肩上がりの業績を記録しているらしい。

海外の支店も順調に増え続けていて、今後ますます発展していく優良企業だとアナウンサーの解説が入る。

普段、当人はそんな話はまったくしないので、この番組を観るまで奏汰も知らないことばかりだった。

道理で、こんな家賃の高い高級マンションに住み、高級外車を三台も所有できるわけだ。

――でも、自慢しないところが皓一郎さんのいいところだよね。

身だしなみには必要以上に気を遣い、人目を気にする皓一郎だが、自らの財力や地位をひけらかしたりすることはない。

そういうところが、育ちの良さというか品があると奏汰は思った。

「はぁ～、皓一郎さんって、こんな大きい会社の副社長さんなんだね。すごいね」

「うん、こうちゃん、すごい！」

晴も、テレビに映る皓一郎がかっこいいと、食い入るように画面に釘付けだ。

番組では数人のタレントがゲスト出演していて、VTRが終わると、皆口々に感想を口にする。

中でも、今人気急上昇中のグラビアアイドルの早瀬香奈《はやせかな》が大はしゃぎで、「もう、お嫁さんにしてほしい～！」などと発言して笑いを取っている。

「このおねえちゃん、こうちゃんのこと、だいすきなんだね」

と、晴が言う。

子どもが見てもわかるほど、彼女のアプローチはあからさまで、皓一郎も苦笑しつつ受け流している。

「……う～ん、そうかな？　皓一郎さんはモテるから、そうかもしれないね」

曖昧《あいまい》な返事をしながら、奏汰の胸はなぜかチクリと痛んだ。

まだ二十歳くらいの香奈は、綺麗に髪を巻き、これ見よがしなミニスカートですらりと長い足を見せびらかしている。

こんな美人に好意を示され、悪い気がする男はいないだろう。

そう考えると、また胸のチクチクがひどくなる。

なぜ、こんな気持ちになってしまうのだろう……？

これはもしかして、嫉妬という感情ではないのだろうか？

——な、なに考えてるんだ、俺は？　皓一郎さんも俺も、男同士なのに……。

自身の感情に、慌ててしまう。

それでも、皓一郎にもし恋人ができたら、と考えただけで、胸のチクチクはどんどん悪化していくのだ。

「かなちゃん、どおしたの？」

晴に不思議そうに問われ、ふと気づくと三十分番組はもう終わってしまっていた。

「な、なんでもないよ。さぁ、歯磨きして、お風呂入ろうか」

奏汰はそう言って、なんとか動揺を誤魔化したのだった。


晴を寝かしつけ、自分もうとうとしていると、玄関が開く気配がして奏汰ははっと上体を起こす。

急いで子ども部屋を出ると、帰宅した皓一郎が玄関に座り込んでいた。

「お帰りなさい」

「……あぁ、ただいま」

いつもと少し様子が違い、皓一郎は一応は立ち上がったものの、足許がややおぼつかない。

珍しく、かなり酔っているのだと気づき、奏汰は慌てて駆け寄り、手を貸した。

「大丈夫ですか？」

「すまない……接待先の社長がしつこくてね。かなり飲まされた」

奏汰の肩を借りて移動し、皓一郎はどかっとリビングのソファーに身を投げ出す。

その間に、奏汰は急いでコップにミネラルウォーターを注いで戻ってきた。

「どうぞ」

口許まで持っていって飲ませてやると、皓一郎はおいしそうにそれを飲み干す。

「ありがとう……きみは本当に面倒見がいいな」

「そんなことないですよ」

彼が大儀そうに脱いだスーツの上着を受け取り、ハンガーにかけてやる。

「いつも外ではあまり飲まないのに、今日は珍しいですね」

「……たまにはとことん酔って、なにもかも忘れたい時もある」

完全無欠に見える皓一郎にも、そんな悩みがあるのだろうか。

なにか自分にできることは、ないのだろうか？

「あの、俺でよかったら話聞きますよ？　なんの解決にもならないと思うけど、愚痴を言うだけでもすっきりすることってあるじゃないですか」

そう告げると、皓一郎はじっと奏汰を見つめる。

酔いで瞳が潤んでいるせいか、いつにも増して皓一郎が色っぽく見えてしまって、内心ドキリとした。

「それじゃ、膝枕でもしてもらおうかな」

「ひ、膝枕ですか？」

予想の斜め上の頼みだったが、自分の膝でいいのなら、と奏汰はソファーに座って両膝を揃え、パンと太ももを叩く。

「寝心地悪そうな膝ですが、こんなのでよければいつでもどうぞ！」

「はは……本当にしてくれるのか？　言ってみるものだな」

皓一郎は遠慮なく、ごろりと奏汰の膝の上に頭を乗せ、目を閉じた。

「皓一郎さんの悩み、俺の膝枕なんかで解決します……？」

「さぁ、どうだろうな……日々、自分の感情に向き合うのが怖くて、困惑している」

彼の悩みは、晴を可愛いのに可愛がってはいけないという、相反する思いを抱えているからだと常々思っていた奏汰は、思い切って告げる。

「どうして我慢するんですか？　我慢なんかしないで、うんと晴くんを可愛がっちゃえばいいじゃないですか」

すると、皓一郎は酔いに潤んだ瞳で下から奏汰を見上げてくる。

「私が可愛くてしかたがないのが、晴だけではないとしたら？」

「え……？」

「きみのことも、どうしようもないくらい可愛くて、どうしていいかわからないと言ったら？」

予想もしていなかった問いに、奏汰は咄嗟に答えることができなかった。

笑って聞き流し、冗談で済ませるにしては、皓一郎の表情は真剣過ぎた。

「皓一郎さん……?」

まるで自分の気持ちを見透かされてしまったような気がして、奏汰は心拍数が急上昇する。

「そ、そうだ。今日は晴くんと一緒に、皓一郎さんが出演した番組観たんですよ」

なんとか話題を逸らそうとするが、皓一郎は許してくれない。

「きみは困った顔も可愛いな。そんな顔をされると、もっと困らせたくなる」

これが、大人の色香というものなのか。

壮絶《そうぜつ》に色っぽく微笑まれ、奏汰は身動きすらできなくなってしまった。

すると、皓一郎は半分上体を起こして左手を伸ばし、下から奏汰の首の後ろに手をかけた。

そして、そのままごく自然な所作で引き寄せ、唇を重ねてくる。

一瞬、我が身になにが起きたのか、すぐには理解できなかった。

皓一郎の口付けは巧みで、ちゅっと啄《ついば》むように唇を吸われ、ぞくりと肌が粟立《あわだ》つ。

突然のことで反応できず、されるがままになっていると。

「ずっと、こうしたかった……」

一言、奏汰の耳許で囁き、皓一郎は電池が切れたように奏汰の膝の上に倒れ伏した。

「こ、皓一郎さん……?」

自分の膝の上でぐっすり寝入ってしまった皓一郎に、奏汰は途方に暮れる。

とにかく、こんなところで寝かせては風邪を引いてしまう。

奏汰はなんとか彼に肩を貸し、寝室まで運んでベッドへ寝かせた。

苦しくないようにとネクタイやベルトを外して、袖口のカフスも取り、ワイシャツの襟許のボタンも開けて寝やすくしてやった。

なんとか作業を終え、最後に毛布をかけてやると、枕許に膝を突き、奏汰はそっと彼の寝顔を見つめる。

――皓一郎さん、どうしてキスなんか……？

奏汰にとっては生まれて初めてのキスだったので、いまだ動悸《どうき》は収まらない。

――でもきっと、誰か女の人と間違えてたんだよね。

まさか皓一郎が、自分のことを可愛いと思っているなんて、あるわけがないと奏汰は自分に言い聞かせる。

彼はひどく酔っていたのだから。


翌朝、奏汰は早起きして皓一郎のために味噌汁を作った。

それに合わせ、今朝の朝食は焼き鮭とおにぎりにする。

「かなちゃんのおにぎり、おいしいね」

おにぎりが大好物の晴は、しあわせそうにおにぎりを頬張っている。

すると、シャワーを浴び、着替えた皓一郎がダイニングへやってきた。

今日は祝日だが、外出用のジャケットを手にしている。

いつものように一分の隙もない完璧なファッションだったが、二日酔いが残っているのか、眉間には深い縦皺が刻まれていた。

「お、おはようございます……」

「こうちゃん、おはよう～」

「……ああ、おはよう」

いま一つ本調子ではない彼に、奏汰は椀によそった味噌汁を差し出す。

「二日酔いで食欲ないと思いますけど、お味噌汁だけでも飲んでいってください」

内心、皓一郎の顔が正視できずに、視線を逸らしながら早口で告げる。

「ゆうべ、ベッドに運んでくれたのはきみか？　迷惑をかけてしまったようで、すまなかった。

久々に飲み過ぎて、すっかり記憶がない」

「……そう、ですか」

玄関へ行きかけ、思い出したように皓一郎が告げる。

「そうだ。例の部屋着の件だが、週末はスケジュールを空けておいたから、買い物に行こう。晴の洋服も買いたい」

「はい、わかりました」

そう告げる皓一郎は普段とまったく変わらないように見えた。

――よかった、皓一郎さん、ゆうべのこと覚えてなくて。

せっかく打ち解けてきたのに、またぎこちなくなるのはいやだったので、奏汰はほっとした。

と同時に、少しだけ残念な気がしたのもまた事実だったのだが。


そんなわけで、その週末、三人は皓一郎の車で大型ショッピングモールへ出かけた。

広大な敷地は、歩いて見て回るのが大変なほどの広さで、休日ということもあってモール内は大勢の家族連れで賑わっている。

こういうファミリー向けの場所には縁がないのか、皓一郎も物珍しげだ。

「ここ、小さい子が遊べる施設も充実してるんですよ」

あらかじめ下調べしておいた奏汰の提案で、モール内にある子ども遊園地へ向かい、そこで晴を遊ばせることにする。

「かなちゃん、みてみて！」

トランポリンで飛び跳ねながら、大はしゃぎの晴が手を振ってくるので、奏汰は手を振り返しながらその可愛い姿をスマホで連写した。

最近、晴の写真の撮り過ぎで、スマホの容量は常にいっぱいだ。

すると、その光景を見守っていた皓一郎が、ぽつりと言った。

「できるだけたくさん、今の姿を写真やビデオで残しておいてやってくれ。大きくなったら、記念になるだろうから」

「皓一郎さん……？」

その端正な横顔は寂しげで、なんだか様子がおかしいとは思いつつも、突っ込んでは聞けない雰囲気だった。

その後は、晴の子ども服を見に行き、そこで皓一郎は今では少し大きめの服も含めて、あれこれ大量に買い物をした。

「こうちゃん、どうしてこんなにおようふくかったの？」

「……どれも晴に、よく似合ったからな」

その返事が嬉しかったのか、晴は「ありがと」と呟き、甘えるように自分から皓一郎の手を握った。

自分と手を繋ぎ、楽しげにスキップする晴の姿に、皓一郎の表情はますます苦しげになっていく。

もしかしたら、晴が父方の祖母に引き取られる日は近いのではないだろうか……？

だから、皓一郎はこうして、晴に持たせるための服や必要なもの、そして思い出の写真やビデオなどをたくさん用意してやっているのではないか？

奏汰は、うすうすそう気づく。

――そんな……せっかく、二人が仲良くなってきたのに……。

ここでお別れなんて、あまりに寂し過ぎると思ったが、自分はただの雇われシッターで、口を出す権利などなにもない。

その現実に、奏汰は割り切れない思いを抱えながら、買い物に付き合う。

奏汰愛用の格安ブランドの店で、皓一郎のスウェットを選んで試着させると、とにかく足が長くてスタイルがいいので様になっている。

「わ、皓一郎さんが着ると、高級ブランド品に見えますよ」

「なるほど、確かに楽でいいな」

「はるも、おなじのきる～！」

すると、それを見ていた晴が、マネキンを指差す。

ウインドーに飾られていた、男性タイプと女性タイプ、そして子どものマネキンがお揃いのスウェットを着ていたのだ。

「よし、そうしたらお揃いで買うか」

そう言い、試着室を出た皓一郎はキッズコーナーで晴のサイズで同じデザインのスウェットをカゴに入れる。

そして、再びメンズコーナーへ戻り、「きみのサイズはこれくらいか？」と棚を指して奏汰に尋ねた。

「えっ⁉　俺のも……ですか？」

てっきり二人がお揃いで買うのだとばかり思い込んでいた奏汰は、驚く。

「いやか？　どうせ家で着るんだ。誰も見ないだろう？」

「い、いいいえ、いやじゃ……ないです」

その逆で、嬉しくてどういう顔をしていいのか、わからないだけだ。

「わ～い！　みんなでおそろい、おそろい！」

晴はもうすっかりその気で、はしゃいでいる。

――だって、俺は二人の家族じゃないのに……いいんですか？

聞きたかった問いを、奏汰は呑み込む。

皓一郎の感覚では、たかが普段着をお揃いにするくらい、大した意味もないことなのだろう。

これくらいのことで舞い上がってしまう、自分がどうかしているのだ。

色も皓一郎と同じ黒に統一し、三人分のスウェット上下をゲットし、本日目的の買い物を無事終えた。

マンションに戻ると、晴が「みんなでおそろいのおようふく、きようよ！」とおねだりするので、さっそく買ってきたばかりのお揃いのスウェットに着替え、記念撮影をしたり、晴と皓一郎がプロレスをしたりと、大騒ぎだった。

そのせいか、遊び疲れた晴はあっさり寝入ってしまい、奏汰はそれを見届けると、そっと子ども部屋を抜け出す。

どうしても、昼間の皓一郎の態度が気になって、確かめたかったのだ。

リビングへ戻ると、ちょうど皓一郎がシャワーを浴び終えて歩いてきたところだったので、奏汰は思い切って声をかけた。

「皓一郎さん、あの……どうして今日、晴くんの服や日用品をたくさん買ったんですか？　もしかして……」

ずばり、核心を突かれ、ガウン姿の皓一郎がいったん沈黙する。

「……晴の、父方の祖母が退院したそうだ」

「……やっぱり」

いやな予感ほど、当たってしまうものだ。

もしかして、皓一郎が珍しく泥酔して帰ってきたのは、それが原因だったのだろうか。

「先方は、もういつでも晴を引き取れるとおっしゃっている」

「……いいんですか？　このまま晴くんを手放してしまって、本当にいいんですか……？」

ためらいがちにそう問うと、皓一郎は奏汰から視線を逸らす。

「言っただろう。晴の将来を思うなら、それが最善なんだ」

「そんなこと、わからないじゃないですか。晴くんの気持ちはどうなんです？　まずはそれを確かめてからでも、遅くは……」

さらに言い募ろうとすると、皓一郎にそれを遮られる。

「もう決めたことだ。きみが口出しする問題では……」

「わかってます。わかってるけど……」

この感情をうまく言い表せず、奏汰は焦《じ》れて唇を噛む。

「一番腹が立つのは、なにもできない自分自身に対してなんです……っ」

そして、ついに感情の堰《せき》が切れたように、声を高くしていた。

「皓一郎さんも、晴くんのこと大切に思っていて、晴くんも皓一郎さんのそばにいたいって思ってるのは、お二人と一緒に暮らしてきたこの俺が、一番よく知ってるんです……！　でも俺は、まだ就職もできてない半人前の身で、なに一つ責任なんか取れなくて、二人のためになにもしてあげられない。そんな自分が、一番いやなんです……！」

そこまで言うと、我慢に我慢を重ねてきた涙が、ぽろりと零れ落ちてしまった。

「す、すみません……」

一人で勝手に興奮して、泣いてしまうなんて、まるで子どもみたいだ。

恥ずかしくて、奏汰が顔を上げられずにうつむいていると、ふいに強い力で引き寄せられる。

「え……？」

ふと気づいた時には、皓一郎の広い胸の中にいて。

宥めるように、大きな手のひらで背中を撫でられていた。

「皓一郎さん……」

その、思いの外優しい感触に、ささくれ立っていた心がすぅっと落ち着いてくる。

涙に濡れた瞳でおずおずと皓一郎を見上げると、本人も信じられないことをしてしまった、という表情だ。

「まったく……勘弁してくれないか。きみは、男のくせに可愛い過ぎて困る」

「え……？」

「……なんでもない、こっちの話だ」

と、皓一郎は気まずそうに奏汰を解放する。

「すまない。今の不作法は忘れてくれ」

そして、そう言い置くとそのまま自室へ行ってしまった。

——今の、なに……？

一人取り残された奏汰は、混乱してしまう。

生まれて初めて、他人に抱きしめられてしまった。

色恋沙汰に疎い奏汰は昔から奥手で、女の子とまともに付き合った経験がない。

同世代の友人達は、合コンや彼女探しにやっきになっていたが、奏汰はそういう方面への興味が薄かったので、今はいなくてもいいやと暢気に構えているうちに、いつのまにか『彼女いない歴＝年齢』になっていたというのが実情だ。

就職もできていない今の状態では、恋人どころではないというのも、もちろんあるのだが。

皓一郎が同性なのはよくわかっているが、不思議と違和感や嫌悪感はなかった。

むしろ、あの大きくて温かい胸にずっと抱きしめられたいと思ってしまうほど心地よかった。

そこまで考え、奏汰ははっと我に返る。

――――な、なに考えてるんだ。今のは、泣いてる駄々っ子をあやしただけで、そういう意味じゃないだろ⁉

皓一郎にとって、今の抱擁にはなんの意味もないのだと、奏汰は自分に言い聞かせたが、その晩は悶々と考え込んでしまい、ほとんど眠れなかったのだった。

「はぁ〜〜〜」

翌日、奏汰は夕飯に晴のリクエストのオムライスを作りながら、マリワナ海溝より深い盛大なため息をつく。

「どしたの？　かなちゃん」

「ん〜、かなちゃん、大失敗しちゃったんだ」

思わずそう愚痴ると、晴はスプーンをくわえたまま、愛らしい所作で小首を傾げる。

「オムライス、いつもみたいにおいしいよ？」

「オムライスじゃなくて……皓一郎さんに、嫌われちゃったかも」

と、つい幼児相手に悩みを打ち明けてしまう。

「そんなことないよ。こうちゃんはかなちゃんのこと、だいすきだよ。はる、しってるもん」

「はは、ありがと。晴くんは優しいな」

晴がオムライスを平らげ、食事を終えたので、抱っこさせて〜と両手を広げると、晴は「しょうがないなぁ」と口では言いながらも、「ん！」と小さな両手を広げてくれた。

なので、嬉々として晴を抱っこする。

「スリスリもする？」

「もちろん！」

と、奏汰は思う存分頬擦りして、晴のもちもちの柔らかい頬っぺの感触を堪能すると、落ち込みから少し浮上した。

「はぁ、晴くんのお陰で元気出た。ありがと」

「どういたしまして」

と、その時、来客を告げるインターホンが鳴る。

「こんな時間に、誰だろう？」

ここにはたまに皓一郎の秘書や会社関係者が立ち寄ることもあるので、急いで応答すると、モニターには若い女性の姿が映っていた。

「あ、こうちゃんとテレビにでてたおねえちゃんだ！」

晴に言われ、バラエティ番組で皓一郎に積極的にアピールしていたグラビアアイドルの早瀬香奈だと気づく。

『こんばんは。皓一郎さんに頼まれた差し入れ、持ってきたんだけど』

「えっと……皓一郎さんはまだお戻りになられていないんですが」

『知ってるわ。待たせてもらうから、ここ開けて』

「す、少しお待ちください。今、皓一郎さんに確認を……」

『ちょっと。外、すごく寒いのよ？　こんなところで私を待たせる気？　風邪でも引いたら責任取ってくれるの？　早く開けて』

至極当然のごとく命令され、奏汰は迷った。

確かに外は寒いだろうし、とにかく、彼女の話を聞いてから皓一郎に連絡を入れてもいい。

結局、彼女の押しの強さとその迫力に負け、オートロックを解除した。

エレベーターで上がってきた香奈は、玄関を開けると当たり前のようにスリッパに履き替えて上がり込み、勝手にリビングへ入ってきてしまう。

「あら、きみが皓一郎さんの甥っ子ね。ふぅん、ちょっと似てるかしら」

と、まだダイニングの椅子に座っていた晴を、無遠慮にじろじろと眺める。

「あ、あの……どういったご用件でしょうか？」

「さっき言ったでしょ。皓一郎さんが私の手料理食べたいって言うから、わざわざ持ってきてあげたのよ」

と、香奈は手にしていた紙袋を掲げてみせる。

「そう、なんですか……」

もしかしたら、皓一郎は彼女と交際しているのだろうか？

だとしたら、むげに追い返すわけにもいかないと、奏汰は困惑する。

「あなた、シッターなんでしょ？　お客様にお茶も出さないわけ？」

「す、すみません。すぐ用意しますので」

テレビなどではゆるふわ系で、「お嫁さんにしたい芸能人」アンケートなどにも最近ランクインしている香奈だが、実物はかなり尊大な態度で、とても同一人物とは思えない。

まるで我が家のように皓一郎ご自慢のソファーを占領し、奏汰が急いで用意したコーヒーを飲みながら、香奈は室内を値踏みするように観察している。

「ここ、家賃いくらくらいなのかしら？　最上階のペントハウスなんて、さすがリストランテ・カガミの御曹司だけあるわね」

「さ、さぁ……どうでしょう」

「でも、皓一郎さんも、独身なのに大変よね。いきなり子ども預かれって言われたって、あんなにお仕事が忙しいのに」

天然なのか無神経なのか、香奈は他人の家庭に土足で踏み込むような発言をさらりとする。

「あの、そういうお話は……」

晴がいるのに、そんな話を聞かせたくなくて、奏汰は困惑しながら止めようとするが。

「まぁ、それもあと少しの辛抱《しんぼう》よね。もうすぐ父方のお祖母さまが退院なさるんでしょ？　そうしたら、そっちに引き取ってもらえるものね」

「え……？」

なぜそれを、この人が知っているのだろう？

やはり、この女性と皓一郎は交際しているのだろうか……？

そう考えた途端、ズキリと鈍い痛みが胸に走る。

――なんで俺、こんなにショック受けてるんだ……？

皓一郎さんはあんなに素敵なんだから、恋人がいても少しもおかしくないのに。

動揺したせいで、奏汰は香奈が晴に接近するのに気づくのが遅れた。

晴の前に立つと、香奈はその顔を覗き込み、「お祖母さまが退院するまでの間、面倒見てくれてるんだから、きみはあと少しいい子にして、皓一郎さんの言うことをちゃんと聞いてあげてね」と言った。

いいお姉さんぶっているつもりなのかもしれないが、晴の表情は硬く強張っている。

――晴くん、やっぱり知らなかったんだ……。

皓一郎は、まだその話をしていなかったようだ。

後々、きちんと話すつもりだったのだろうが、よりによってこんな形で本人に知られてしまうなんて、まさに最悪だった。

すると、そこへちょうど皓一郎が帰宅したので、奏汰は急いで出ようとしたが、すかさず香奈は「あ、私が出るわ」と小走りで行ってしまった。

「お帰りなさい！」

突然出迎えたのが香奈で、皓一郎は訝しげな表情で家に上がってくる。

「早瀬さん……なぜ、うちに？」

「約束通り、手料理をお裾分けに来たんですぅ」

と、香奈は、今までの奏汰への尊大な態度から一転し、媚《こ》び媚びの笑顔で皓一郎に擦り寄った。

「約束……?」

「ほら、前にスタジオで、私の手料理食べてみたいっておっしゃったじゃないですかぁ。忘れちゃったんですか?」

「……ああ、そうでしたね」

皓一郎が明らかに困惑しているところを見ると、どうやら香奈は社交辞令を真に受けて、自宅にまで押しかけてきたようだ。

「ありがとうございます。ありがたくいただきます」

「お礼は西麻布《にしあざぶ》の、皓一郎さんのお店の本店でディナーがいいな。今度連れてってくださいね」

と、すかさず図々しい要求をしてきた香奈は、夕食に誘われないのが不満そうだったが、とりあえず足がかりは摑んだと判断したのか、意気揚々と引き揚げていった。

「す、すみません……! ご一緒にテレビに出演されていた方だし、皓一郎さんに頼まれたものを持ってきたと言われて、ドアを開けてしまいました」

奏汰は自身の失態を、平身低頭で謝る。

すると皓一郎は、香奈が持参してきたタッパーを紙袋から取り出した。

中にはぬかりなく、携帯電話番号を記載した名刺が同包されている。

皓一郎はタッパーを開け、中の料理を一瞥すると、「デパ地下の総菜だ」と言った。

「え……?」

「素人が作ったのか、そうでないかくらい見ればわかる。私も舐められたものだな」

言うなり、皓一郎は中身を無慈悲にもキッチンのゴミ箱に捨てた。

たとえデパ地下で買ったものとはいえ、香奈の気持ちは詰まっていただろうに。

不要なものは躊躇なく切り捨てる、そんな皓一郎の一面がそこから垣間見えた気がして、奏汰はズキリと胸が痛む。

その一部始終をリビングから見ていた晴は突然立ち上がり、子ども部屋に駆け込んでしまう。

「どうしたんだ、晴は？」

「そ、それが……」

奏汰は、さきほど香奈が話したことを打ち明けた。

「俺がついていながら、重ね重ね、本当に申し訳ありませんでした……！」

いたたまれなくて、深々と頭を下げると、皓一郎がため息をつく。

「最近テレビ番組の仕事を減らしたんで、そのことで懇意にしているプロデューサーに再三責められてね。もうすぐ父方の祖母に引き取られる予定があると話しているのを、聞かれたのかもしれない」

「そうだったんですか」

確かに、皓一郎は以前より帰宅時間が早くなっていたし、それに伴ってテレビでの露出は少し減った気がしていた。

もちろん、それは晴のためなのだが。

では、皓一郎は香奈にプライベートを打ち明けるほど親しい間柄ということではなかったのか、と奏汰はほっとする。

と、同時に、そんなことを考えてしまった自分を恥じた。

――こんな時に、なにを考えてるんだ、俺はっ⁉

自身のミスのせいで、晴の心が傷つけられたというのに、と深い自己嫌悪に陥る。

「とにかく、今後誰になにを言われても、私の不在時には誰も中には入れないでくれ」

「は、はい……わかりました」

「こうなってしまったら、しかたない。晴には私から話をしよう」

「すみません……」

皓一郎はその足で子ども部屋に行き、ドアをノックする。

「晴、話があるから出てきなさい」

すると。

「……や！　こうちゃんには、あいたくない！」

「晴」

くぐもった声が、かすかに聞こえてきた。

「やっ！」

皓一郎がドアを開けると、晴は自分のベッドの中で布団を被り、蓑虫《みのむし》のように丸まって籠城《ろうじょう》中だった。

頑として顔を見せようとしないその様子に、皓一郎はドアを閉める。

「今はなにを言っても、聞く耳を持たないだろう。少し時間を置いて、晴が落ち着いてからにしよう」

「……本当に、すみませんでした」

まさに立つ瀬がなくて、奏汰はただ謝ることしかできなかった。


「今日は夕方からTホテルでレセプションパーティに出席するから、少し帰りが遅くなる」

翌朝、皓一郎が出がけにそう告げる。

彼の話によれば、加賀見グループ主催で海外からの大切な顧客をもてなす重要なパーティらしく、ドレスコードもタキシードらしい。

皓一郎も、いつも以上に入念に準備をしている。

彼の正装姿はきっと素敵だろうなと考え、なんだか不謹慎なことを妄想してしまったような気がして、奏汰は慌ててそれを振り払う。

「わかりました」

用意したタキシードを携帯用スーツカバーに収納し、それを提げた皓一郎は、ちらりと子ども部屋へ視線を投げた。

昨晩からの晴のストライキはまだ続いていて、何度声をかけても頑として部屋を出てこないのだ。

「晴は、相変わらずか？」

「はい……いつもはお見送りするのに」

それもこれも自分のせいだと思うと、声にも力が入らない奏汰だ。

「明日は早く帰って、晴と話す時間を作る。じゃ、行ってくる」

「行ってらっしゃい」

玄関先まで見送り、いつもは晴と二人なのに、とまた寂しい気持ちになる。

すると、皓一郎が出かけた途端、子ども部屋から晴がひょっこりと顔を覗かせた。

「こうちゃん、おでかけした？」

「うん。晴くん、どうして皓一郎さんの話を聞いてあげないの？」

「……」

その問いには答えず、晴は押し黙る。

やっと、笑ってくれるようになったのに。

やっと、素直な気持ちを打ち解けてくれるようになったのに。

自分の不注意のせいで、晴がまた来たばかりの頃のような状態に戻ってしまった。

「ごめんね、晴くん……」

奏汰は、ただそれしか言えなかった。


そして、夕方。

いつものお迎えの時間に合わせ、奏汰はタクシーで保育園へ向かった。

園前ではちょうど園児達の帰宅ラッシュ時間で、お迎えの保護者達が大勢行き来している。

「こんにちは」

奏汰が声をかけると、顔馴染みの先生が「あ、晴くんですね。ちょっとお待ちください」と晴を奥へ呼びに行ってくれた。

いつもの手順なのでなんの疑問も抱かずに入り口に立って待っていると、中から尚人が駆け出してくる。

「あ、にぃにだ！」

奏汰を見つけると、尚人はその腰に抱きついてきた。

「尚人。ママはこれからお迎え？」

「うん、もうちょっとだって」

「そっか」

尚人が抱っこしてほしがったので、抱え上げた尚人を左右に揺さぶって遊んでいると、ようやく先生が戻ってきた。

が、なぜか顔面蒼白《そうはく》で様子がおかしい。

「すみません、さっきまでお部屋にいたんですけど、どこにも見当たらなくて」

「え……？」

「尚人くん、晴くん見なかった？」

先生の問いに、尚人は首を傾げて考えている。

「みてないけど……そういえば、はるくんげんきなかった。きょうはずっと、しょんぼりしてたもん」

そこでふと思い出したように、尚人が付け加えた。

「あとね、『はるはいらないこなんだ』って、いってた」

その言葉は、ぐさりと奏汰の胸に突き刺さる。

「ほ、ほかにはなにか言ってなかった？」

「う～ん、わかんない。なおくんが『どうしたの？』ってきいても、なにもおしえてくれなかったよ」

どうやら晴は、仲良しの尚人にすらなにも言わず園を抜け出したようだ。

「もしかして、お迎えの子達に交じって外へ出てしまったのかも……」

「俺、外を探してきます！」

奏汰は建物の外へ飛び出し、まず園庭を見回す。

「晴くん！　晴くん」

大声で名を呼びながら一周し、遊具の陰まで捜したが、晴の姿はどこにもない。

「ど、どうしましょう……後は自分から外へ出ていったとしか思えないです」

責任を感じているのか、先生は今にも泣き出しそうだ。

「とにかく、加賀見さんに連絡してみます。それから近くを回ってきますので」

そう言い置き、奏汰は走って園を飛び出しながら電話をかける。

が、忙しいのか留守録に切り替わってしまったので、やむなく事情を説明し、伝言を残す。

その間も園の周囲をあちこち捜し回っていると、ようやく皓一郎から折り返しがあった。

「もしもし、パーティでお忙しい時にすみません。こんなことになってしまって……」

これも、昨日の一件が原因に違いない。

幼い晴が家出を考えるほど小さな胸を痛めていたのだと思うと、奏汰はますます居たたまれない気持ちになる。

「今、保育園の周りを捜してます。子どもの足だから、まだそう遠くへは行っていないと思うので」

走りながらそう伝えると、皓一郎は電話口でいったん沈黙した。

そして、『私もそちらへ向かう』と告げる。

「え、でも大事なパーティ中じゃ……」

『すぐ合流する。幸い、まだアルコールは口にしてないから車で行く』

「は、はい！」

あの皓一郎が、なにを置いても仕事最優先だった皓一郎が、晴のために大事なパーティを抜け出してまで来てくれる。

それが、奏汰にとってはなにより嬉しかった。

それから、奏汰は晴と一緒に歩いたことのある道をあちこち捜してみたが、どこにもいなかった。

送り迎えはいつもタクシーなので、晴がこの周辺にそう土地勘があるとは思えない。

もしかして、と園から行ったことのある奏汰の自宅までの道筋も辿ってみたが、やはり見つからなかった。

タイミングの悪いことに、さきほどから曇っていた空からはぽつぽつと雨が降り出してくる。

——どうしよう……。

雨に濡れて身体を冷やしたら、晴は風邪を引いてしまうかもしれない。

急いで見つけなければ、と奏汰は再び走り出す。

と、そこへ皓一郎から電話が入り、ややあって彼と合流した。

皓一郎は、今朝持ち出していったタキシード姿のまま駆けつけた。

住宅街ではひときわ目立つ出で立ちだったが、二人ともそんなことにかまってはいられない。

どうやら車はコインパーキングに停め、ここまで走ってきたらしく息が荒い。

「すみません、晴くんが知っている道は全部歩いてみたんですけど、見つからなくて……」

「そうか。もう少し範囲を広げて捜してみよう」

「はい……！」

二人で手分けして、雨の中を必死で晴を捜したが、なかなか見つからなかった。

雨足は次第に強くなってきて、晴が濡れてないか心配だった。

皓一郎もすっかり雨に濡れ、アイロンをパリっとかけたシャツは既によれよれになってしまっている。

走りにくいのか、きっちり締めていた黒の蝶ネクタイも外してしまっていた。

「皓一郎さん、タキシードが濡れて……」

「そんなこと、どうでもいい」

普段、あれだけ身だしなみを気にする皓一郎が、恐らくはかなり高価であろうタキシードをこんなに濡らして気にしないなんて、考えられないことだった。

やはり、それくらい晴のことが心配なのだ。

この格好では、着替えなければもうレセプションパーティには戻れないだろう。

また彼の仕事の邪魔をしてしまったと、奏汰は激しい自己嫌悪に陥る。

「本当にすみません……晴くんになにかあったら、どうしよう……」

そう考えるだけで不安が一気に押し寄せてきて、奏汰は涙ぐんでしまった。

すると、皓一郎が足を止め、告げる。

「今回のことは、きみのせいではない。きみは、よくやってくれている。仕事としてではなく、晴のことを心から大切に思ってくれているのは、見ていればわかるよ」

「皓一郎さん……」

なにを思ったのか、皓一郎は手を伸ばし、奏汰の手を取ってぐっと握ってきた。

内心ドキリとしつつ、どうしたのだろうと思って、はっと気づく。

晴が、不安なことがあると、奏汰はいつもその小さな手をぎゅっと握ってやっていた。

大丈夫、そばにいるよと、肌の温もりで伝えるために。

「大丈夫だ。きっと晴は見つかる」

「……はいっ」

涙を堪え、奏汰も頷く。

すると、そこで奏汰のスマホが鳴ったので、画面を見るとかけてきたのは保育園からだった。

「もしもし⁉」

もしかして晴が見つかったのかと急いで応答すると、電話をかけてきたのはなんと尚人だった。

『もしもし、にぃに？　あのね、せんせいにおねがいして、にぃにおでんわしてもらったの』

「ど、どうしたの？　尚人」

『あのね、はるくん、もしかしたら「ひみつきち」にいるかもしれないよ』

「秘密基地……？」

『うん、こないだうちにあそびにきたとき、おおきなこうえんにいったでしょ？』

言われてようやく、先日実家に帰った時に遊びに行った区立公園を思い出す。

尚人が説明するところによると、そこで晴にとってのおきの秘密基地を教えてあげたというのだ。

『かくれんぼするのに、すごくいいとこだよっておしえてあげたから、それおもいだしたの。はるくん、かくれんぼしたいっていってたから』

「ありがとう、尚人。すぐ行ってみるよ」

『にぃに、はるくん、ぜったいみつけてね。おねがい』

尚人は幼いなりに、いなくなった友達の身を案じて小さな胸を痛めている。

そう思うとたまらない気持ちになって、奏汰は頷いた。

「うん、もちろんだよ」

心配しないで待っているように伝え、電話を切る。

「どうした？」

「もしかしたら、晴くんがいるかもしれないって、尚人が」

奏汰は、急いでスマホの地図で検索する。

その公園は、保育園から大人の足で歩いて十分ほどで、子どもでも行けない距離ではない。

「とにかく、行ってみよう」

「はい！」

地図を頼りに、走り出す。

雨足がますます強くなる中、二人はようやく目的の公園に到着する。

が、予想以上に敷地が広く、愕然とした。

「これは……ここでかくれんぼをされたら、捜すのに骨が折れそうだな」

「……ですね」

が、気力を奮い立たせ、二人は手分けして、とにかく敷地内をしらみ潰しに当たってみることにした。

「晴くん！」

「晴！　どこにいる？　いたら返事をしてくれ！」

雨が降っているので公園には人影はなく、しんと静まり返っている。

晴が見つかりたくなくて隠れているのなら、自分達の声を聞いて出てくるはずがない。

——いったい、どうしたらいいんだろう……？

途方に暮れていると、やがて合流した皓一郎も同じことを考えていたようだ。

皓一郎はしばらく沈黙し、やがて決心したように声を張り上げた。

「晴、もし聞こえているなら、話だけでも聞いてほしい。昨日の女の人が言っていたことは、本当だ。おまえの、父方のお祖母様がおまえを引き取りたがっていらして、退院するまでの間と言われておまえを預かった」

「皓一郎さん……」

嘘偽りのない事実を語り始めた皓一郎に、奏汰は困惑する。

そして、そんな話をしてしまったら、晴はますます姿を現さなくなってしまうのではないかと危惧《きぐ》した。

「私は、両親の愛情を知らずに育った。両親は私に、加賀見家の完璧な跡継ぎとしてしか望んでいなかったから、彼らの期待に応えるために死ぬほど努力した。けれど、どんなに彼らの要求を叶えたとしても、またその次があり、それを終えてもまた次のさらなる要求が待っている。完璧であることに疲れ果てた私の前に、晴、おまえと奏汰くんがやってきたんだ」

皓一郎は奏汰の心配をよそに、朗々《ろうろう》とした美声で語り続け、公園内に彼の声が響き渡る。

「晴、おまえと奏汰くんとの生活は、私にとってなにもかもが初めてのことだらけで、私の理想とする優雅な独身生活とは天と地ほどの違いがあって、最初は戸惑うことが多かった。一日も早く、お祖母様が退院して、元の一人暮らしに戻りたいと願った。だが、だんだんおまえ達と暮らすうちに、私は今まで忘れていた家族の温もりを思い出したんだ」

そこでいったん沈黙し、皓一郎は次の言葉を探しながら続ける。

「私は親になったこともないし、両親から普通の愛情も受けずに育ったから、人を愛することがとても下手だと自覚している。晴、おまえのことも……愛してしまうのが怖くて、ずっと距離を置いて接してきた。すぐに離れ離れになってしまうなら、最初から愛さない方がいい、そう思ったからだ」

相変わらず、公園内に響き渡るのは皓一郎の声だけだったが、奏汰は近くで晴が息を殺して、じっと聞いているような気がした。

「正直に言えば、おまえを愛してしまうと、私の人生が百八十度変わってしまいそうで怖かった。大切な存在ができると、人は弱点ができてしまう。私は……自分が弱くなるのが怖かったんだ」

それは、今までずっと押し隠してきた、皓一郎の本心なのだろう。

初めて自分の心情を吐露《とろ》した皓一郎に、奏汰は胸が熱くなり、もうたまらなくなって声を上げてしまう。

「皓一郎さんは……！　晴くんが来て充分に変わったけど、それでも弱くなんかなってないと思います。守るべき存在ができて、もっともっと強くなったと俺は思います！」

「奏汰くん……」

「は、晴くんも皓一郎さんのこと大好きで、皓一郎さんも晴くんのこと大切に思っているの、知ってます。ずっとそばで見てきた俺が、一番よくわかってますから……！」

もう、我慢できなくなって、そう叫ぶと。

公園中央にある、円形ドームの遊具の中から、ひょっこり晴が顔を覗かせた。

「晴……⁉」

「晴くん！」

思わず駆け寄ろうとすると、晴は再びサッと中へ顔を引っ込めてしまったので、二人は手前で足を止める。

すると、晴が今度は目だけ覗かせて、二人の様子を窺っているようだった。

そして、「いまのおはなし、ほんと……？」と小さな声で尋ねる。

「こうちゃん、はるのこときらいじゃない……？　いらないって、おもってない……？」

「晴……」

自分で口に出して、悲しくなってしまったのか、晴の大きな瞳に大粒の涙が溢《あふ》れてくる。

「はるね、こうちゃんにいらないってゆわれたくなくて、かくれんぼしてたの」

突然の家出の理由は、やはりそれだったのか。

晴は、皓一郎の口から、祖母のところへ行けと言われるのを聞きたくない一心で逃げ出したのだ。

晴の気持ちを思うと、奏汰は胸が張り裂けそうな思いがした。

すると、皓一郎はつかつかと遊具に歩み寄り、中へ入ろうとしたが、大柄なので両膝、両肘《りょうひじ》を突いた四つん這いにならないと入れない。

ほとんど匍匐《ほふく》前進の格好で這いずると、雨にたっぷりと濡れたタキシードは砂だらけになったが、皓一郎はおかまいなしだ。

そして、中に隠れていた晴を有無を言わさず抱えて外へ出た。

そして、おずおずとその小さな身体を抱きしめる。

「おまえのこと、いらないなんて思うわけがないだろう……っ」

力強く皓一郎がそう告げると、一気に緊張の糸が解けたのか、晴が声を上げて泣き出した。

「さ、さみしかった……っ、こうちゃんとかなちゃんに、あいたかったよぅ……っ」

「晴くん……っ」

奏汰も、もう矢も盾もたまらず、晴を抱きしめる。

それは当然ながら、晴を抱いている皓一郎に抱きつく格好になってしまったが、そんなことは気にする余裕がなかった。

ただ、無事に晴が見つかってくれて心から安堵《あんど》した。

皓一郎は着ていた上着を脱ぎ、砂を払ってから晴が濡れないように頭から被せる。

とにかく、屋根のある東屋《あずまや》へ移動して確認すると、晴はずっと遊具の中にいたせいか、ほとんど濡れていなかったのでほっとした。

ベンチに晴を座らせ、まず保育園へ連絡を入れた後、皓一郎はその前に膝を折り、告げる。

「晴、少し難しいかもしれないが聞いてくれ。晴の将来のためには、お祖母様のところで育ててもらった方がしあわせになれると思う」

その言葉に、晴の表情が再び曇る。

やはり、皓一郎は晴を手放す方針のままなのか、と奏汰も唇を噛んだ時。

「私はこんな性格だし、絶望的に子育てには向いていない。きっとこれからも晴にいやな思いをさせてしまうかもしれない。それでも晴が……もし、私のところにいてもいいと思ってくれるのなら、これからもずっと……」

「皓一郎さん、ほんとにわかりづらいです。もっとストレートに言ってあげてください」

たまらず、奏汰がそう助け船を出す。

促され、ようやく覚悟を決めたのか、皓一郎は晴の瞳を見つめ、告げる。

「私と一緒に……暮らしてくれるか？」

ようやく言うべきことを言うと、奏汰と皓一郎は固唾《かたず》を呑んで晴の反応を待つ。

すると、晴は大きな瞳を瞬かせ、ひどく驚いたようだった。

「ほんとに……ずっといていいの？」

「ああ、もちろんだ」

「ほんとの、ほんとに？　かなちゃんもいっしょ？」

その問いに、皓一郎は一瞬奏汰を見つめ、そして力強く頷いた。

「ああ、ほんとにほんとで、奏汰くんもずっと一緒だ」

――皓一郎さん……。

安易にそんな約束をしてしまって、また晴の気持ちを裏切ることにならないだろうか？

奏汰は一人でそう気を揉んでいたが、晴の方は何度も確認し、ようやく納得したのか、いったん静かになった。

「うわ～ん！」

そして、なぜか再び大泣きするので、今度は奏汰が晴を抱きしめる。

「どうしたの？」

「わ、わかんない。うれしいけど、なみだがでちゃうんだもん」

「そっか。そしたら、いっぱい泣いちゃえ」

「わ～ん！」

奏汰の首にしがみついて泣く晴に、二人はほっとしたように顔を見合わせた。

「とにかく、家に帰ってシャワーを浴びた方がいい。風邪を引いてしまう」

「皓一郎さんも」

二人は、ようやく互いがびしょ濡れだったことを思い出し、晴を連れて家路を急いだ。

家に帰ると、まず奏汰が晴と一緒に風呂に入り、その後で皓一郎がシャワーを浴びる。

大冒険をして疲れたのか、晴がぐずり出したので、軽い夕飯を摂らせて寝かしつけてやると、ことりと眠ってしまった。

皓一郎の気持ちを確認できて、ようやく安心したのだろう。

その穏やかな寝顔を見守ってから、奏汰は子ども部屋をそっと出る。

すると、キッチンからいい匂いが漂ってきた。

見ると、シャワーを浴び、私服に着替えた皓一郎がフライパンを振っていた。

その手際のよさを物語るように、晴を寝かしつけてまだ三十分も経っていないのにパプリカと牛肉の炒め物にサラダ、それに余っていたミネストローネにご飯と卵を落として作ったリゾットがテーブルの上に並んでいる。

「晴は？」

「はい、疲れてたみたいで、よく眠ってます」

「そうか。きみも腹が減っただろう。簡単なものですまないが、よかったら食べてくれ」

この騒動ですっかり忘れていたが、言われてみればとっくに夕飯の時刻を過ぎていたので、確かに胃袋は空っぽだった。

「ありがとうございます」

なので、遠慮なく好意に甘えることにする。

奏汰が席に着くと、皓一郎も向かいに腰を降ろす。

「パーティに戻らなくて、いいんですか？」

「ああ、後は部下がなんとかしてくれる」

「そうですか……」

彼が、大切な接待よりも晴を選んでくれたことが、奏汰は嬉しかった。

「いただきます」

きちんと両手を合わせて挨拶し、一口食べるとあまりのおいしさにフォークが止まらなくなり、ついがっついてしまう。

「すごく、おいしいです。俺、皓一郎さんのお料理好きです」

料理を「好き」ということにすれば、不自然ではないだろうか。

ついそんな姑息《こそく》なことを考えながら、思い切ってそう告げる。

すると、自分では手をつけず、食事する奏汰をじっと見つめていた皓一郎が言った。

「ずっと、きみにも言わなければならないことがあったのを、勇気がなくてつい先延ばしにしてしまった。食べながらでいいから、聞いてくれるだろうか」

「は、はい」

そうは言われても、皓一郎の真剣な表情に、奏汰も食事の手を止めて居住まいを正す。

「知っての通り、私は独身主義で家庭を持たないつもりで今まで生きてきた。愛情がなく、利害のみで離婚しない不仲な両親を見て育って、一人の人間と永遠を誓う行為がひどくむなしいものだと思っていたからだ」

「皓一郎さん……」

「自分が結婚して子どもを儲《もう》けることなど、想像もできなかったし、自分は父親に向いていないと思っていた。正確に言えば家族を愛せる自信がなかったんだ」

なんでも一番でないと認めてもらえなくて、両親の期待に応えるため、必死に努力してここまで来たことを知っているだけに、彼の独白は奏汰の胸に迫った。

「だから、きみに出会って……ぐいぐい惹《ひ》かれていく自分に戸惑った。男の子に恋をしたことはなかったし、なにかの錯覚だと思い込もうとした。それにきみはシッターとして雇った子だし、そんな相手に恋愛感情を抱くなんて、立場的にも許されることではない。そう言い聞かせたが、気づけばいつでもきみのことを考えてしまって、自分でもどうしようもなかった」

だんだんと、鼓動が早くなり、ついに耳許でドクドクとありえないくらい響いてくる。

「こないだ……なにも覚えていないと言ったのは、嘘だ。きみにキスしたことは、ちゃんと覚えている」

皓一郎は、いったいなにを言っているのだろう？

その言葉の続きを早く聞きたいような、聞きたくないような不思議な衝動に囚われる。

「誤解しないでほしいが、こんなことを言い出したのは、きみにこの先も晴の面倒を見させるためではない。私にとっては、晴ときみは同じくらい大切でかけがえのない存在になった……つまり、私には晴もきみも必要だと伝えたかった」

「皓一郎さん……」

「私はこんな性格で、今まできみをあきれさせてきたが、これからはなるべく努力する。だから、私とのことを……真剣に考えてくれないだろうか」

「そ、それって……」

どういう意味なのだろうか？

思いもしなかった展開に、奏汰は戸惑う。

そんな奏汰を、皓一郎はまっすぐ正面から見据え、言った。

「これから先もずっと、ここで私と晴と一緒に暮らしてほしい。シッターとしてではなく、パートナーとして、だ」

「そんな……本気、なんですか……？　俺なんかで、いいんですか？」

これが現実だと信じられなくて、奏汰は思わずそう確認してしまう。

皓一郎は自分とは生きる世界が違う人で、とても釣り合わないと尻込みする。

そんな奏汰の気持ちを見透かしたように皓一郎は立ち上がり、椅子に座った奏汰の足許に跪《ひざまず》き、
そしてその手を取った。

「きみに触れて、キスしたい。もちろん、それ以上のことも。一度酔いに紛れてなし崩しでしてしまったので、今後はきちんと許可を取ってからにする。いいだろうか？」

「そ、そんなの……許可しづらい、です……」

「いやなのか？」

その問いに、奏汰はぶんぶんと首を横に振る。

「いやじゃないけど……正面切って聞かれると、照れます」

おずおずと瞳を上げると、皓一郎が優しく奏汰の髪を梳いてきて、そっと唇に触れてきた。

互いの想いが通じ合って、初めてのキスはひどく甘く感じられた。

「よけいなことはなにも考えず、私の胸に飛び込んできてくれたら嬉しい。きみも晴も、大切にすると誓うよ」

「皓一郎さん……」

どうか、断らないでという思いがあるのか、皓一郎は強く奏汰の手を握ってくる。

一生を左右する重大な決断なのに、奏汰はもう自分の心が既に決まっていることに気づいた。

「俺……ぜんぜん恋愛とかに疎くて、恋ってどういうものなのかもよくわかってなかったけど、皓一郎さんのことを考えると胸がドキドキしちゃって、冷静ではいられなくなって」

この気持ちが、恋なのだろうか？

未熟な自分には、その答えはまだ出せないけれど。

「俺も、これからもずっと、皓一郎さんと晴くんのそばにいたいです」

その返事に、皓一郎は心底ほっとした様子だった。

「きみが同じ気持ちでいてくれたら、どんなに嬉しいか、そればかり考えていた。今、最高にしあわせだ」

「皓一郎さん……」

「もう一度、キスしてもいいか？」

「だから……聞かないでくださいってば」

抗議の言葉も、すぐ皓一郎の唇に呑み込まれてしまう。

今までの我慢を取り返すかのように、二人は激しく互いの唇を求め合った。

「は……ん……っ」

キスに慣れていない奏汰は、絶え間のない口付けに溺《おぼ》れそうで、息継ぎするのに必死で喘《あえ》ぐ。

すると、その様がまた可愛いと、皓一郎に揉みくちゃにされてしまう。

「は……ぁ」

なにもかもが初体験の奏汰は、ただもう瞳を潤ませ、翻弄されるばかりだ。

この流れは、間違いなく初夜だ。

だが、そこで一つ問題があった。

皓一郎の寝室のベッドでは、晴がぐっすりと眠っているので、そこを使うことはできない。

奏汰のベッドは折り畳みのシングルで、大柄な皓一郎と二人で乗ると壊れてしまいそうだし、晴の子ども部屋のベッドは言うまでもなく無理だ。

するると、皓一郎も同じことを考えていたらしく、真顔で奏汰を見つめる。

「少し、待っていてくれ」

「は、はい……」

そう言い置き、皓一郎はいったんリビングを出ていくと、バスルームのクローゼットからシーツを何枚か手に戻ってきた。

そして、大型ソファーの背をすべて倒してベッドを作り、その上にシーツを敷き始める。

「ええっ⁉　もしかして、ここで……その、するんですか⁉」

皓一郎ご自慢のイタリア製特注ソファーは、数百万すると知っている奏汰は青くなるが。

「背に腹は代えられん。もう一刻の猶予《ゆうよ》もない」

さぁ、と右手を差し出され、呼び寄せられる。

「今さら、なにを言っている。今までだって酔って二人で朝まで寝たこともあったじゃないか」

「そ、それはそうだけど、でも……その、汚しちゃうかもしれないし」

それでも奏汰がためらっていると、皓一郎が魔法の呪文を呟く。

「早く終わらせないと、晴が起きてくるかもしれない」

「わ、わかりました！」

効果はてきめんで、奏汰が小走りで駆け寄ると、ソファーに腰かけた皓一郎はその細腰を抱き留め、言った。

「こんなムードのないところで、すまない。この埋め合わせは、いつか必ずするから」

いかにも生真面目な彼らしい言葉に、奏汰は微笑む。

「そんなの気にしないで」

「奏汰……」

「それより俺、初めてなので……っ、つまらないかもしれないけど……」

よろしくお願いします、とぺこりと一礼すると、なぜか皓一郎に笑われてしまった。

「本当にきみは、可愛いな。頭から食べてしまいたいくらいだ」

もったいないから、大切に味わうよ、と耳許で囁かれ、奏汰はかっと頰が熱くなるのがわかった。

「……ぁ……」

キスに、うっとりしているうちに。

恥ずかしがる隙もなく、いつのまにか服を脱がされ、生まれたままの姿にされてしまう。

その滑らかな肌を堪能するかのように、皓一郎が首筋から肩口、そして胸許へと丹念に唇を這わせていく。

「ずっと、こうしたかった。やっときみに触れられた」

「皓一郎さん……」

「我ながら、よく耐えたと思うよ。こんなに誰かを欲しいと切望したのは、初めてだ。年甲斐もなく、ドキドキしている。私も初めての時のことを思い出すよ」

感慨深げに皓一郎が言うが、彼の最初の相手のことを考えると、平静ではいられなくなる奏汰だ。

「今は……俺のことだけ、考えて……っ」

嫉妬で思わずそう訴えてしまうと、皓一郎ははっとしたように目を見開き、そして世にも優しく微笑んだ。

「すまない、デリカシーのないことを言ってしまった。これから先は、きみだけだ。天地神明に誓うよ」

「……本当に？」

「その代わり、きみを抱くのは生涯私が最初で最後だ。いいね？」

その言葉に異論はなかったので、奏汰は迷いなくこくりと頷いた。

今まで我慢に我慢を重ねてきたという言葉通り、皓一郎は性急に奏汰を求め、その全身に余すところなく唇を這わせていく。

まるで、奏汰のすべてを知り尽くし、味わい尽くそうとするかのように。

そして激しく求め、巧みな愛撫で慣れていない奏汰の無垢《むく》な身体を柔らかくとろけさせていく。

「は……ぁ……」

なにもかもが初めてで、どうしていいかわからなくて。

奏汰はただ、皓一郎の好きなように喘がされ、翻弄されてしまう。

だが、それも嬉しい。

奏汰も、必死に皓一郎にしがみついていく。

「は……ん……っ」

既に昂《たかぶ》りきった屹立《きつりつ》は、もはや隠しようがなくて、皓一郎に触れられ。

「きみは、こんなところまで可愛いな」

そうからかい、皓一郎はふるふると震えるそれに、ちゅっとキスをしてくる。

「ひゃ……っ」

そのまま、ためらいもなく口に含まれ、今まで体験したことのない快感に襲われ、思わず奏汰の腰が跳ねる。

「や……、それ、駄目っ……」

「どうして？」

「……き、気持ちよ過ぎるから……」

駄目、と潤んだ瞳で見つめ返すと。

「そんな顔をしたら、逆効果だぞ」

もっともっと啼かせたくなる、と、さらに情熱的に愛撫されてしまった。

「ひ……ぁぁ……っ！」

快感に慣れていない身体は、もうひとたまりもなく弾けてしまう。

まるで、激しい嵐の大海で揉みくちゃにされる、小船のように翻弄されてしまう。

「は……ぁ……」

突然の展開で用意がなくて、皓一郎愛用の最高級エキストラバージンオイルで固い蕾を慣らされ、その未知の感覚にもう、なにがどうなっているのかよくわからないうちに、さんざん喘がされ、声も嗄《か》れるほど啼かされてしまう。

これでは自分も皓一郎の手にかかって、おいしく料理されているようだ。

宥めるように何度も唇を塞がれながら、皓一郎が納得するまでその行為は繰り返され、その頃にはもう奏汰はとろとろに蕩かされていた。

「……ぁ……っ」

入ってくる、彼が。

生まれて初めて他人を受け入れる奏汰は、思わず息を詰めてしまう。

「力を抜いて、息を吐くんだ」

「こう……?」

言われた通り、ふぅ、と深呼吸してみると、確かに緊張でガチガチになっていた身体が少し緩んだような気がした。

すると、それを見逃さず、皓一郎がさらに奥へと侵入してくる。

「ん……ぁ……っ」

「痛いか？」

「ん……大丈夫」

圧迫感は確かにあったが、事前に丁寧過ぎるくらいに慣らされていたお陰で、傷つくことなく皓一郎を受け入れることができた。

「初めてなのに、無理をさせてすまない。いい年をして、もう自分でも制御できない……っ」

「皓一郎さん……」

最愛の人が、初めて垣間見せた牡としての精悍《せいかん》な表情に、不覚にもときめいてしまう。もっともっと、欲しがってと願ってしまう。

「いいよ、我慢なんてしないで」

皓一郎さんの、好きにして。

恥ずかしかったけれど、そう耳許で囁くと、皓一郎が一声唸り、律動が早くなった。

「大人を煽《あお》るなんて、悪い子だ」

「ひ……ぁ……っ！」

「全部、私のものだ。私の可愛い、奏汰……」

愛おしげに名を呼ばれるだけで、もうイッてしまいそうだ。

最愛の人と、こんなにも深く結ばれる、まさに魂の歓喜。

「も……駄目……」

「いいよ、何度でもイクといい」

優しく耳許で囁かれ、奏汰はぞくりと肌を粟立たせる。

「皓一郎さん……！」

「奏汰……っ」

無我夢中で、互いの名を呼び合いながら、二人は高みへと一気に上り詰め、初めて共に味わう絶頂へと辿り着いたのだった。


「大丈夫か？」

「ん……」

慌ただしく、初めて身体を重ねて、その余韻を味わう間もなく、二人の頭には、一刻も早く晴の元へ行ってやらねばという思いで一致した。

「ずっと、こうしていたいのは山々だが……」

「はい、わかってます」

まだ腰砕けで足許がおぼつかない奏汰を抱き上げ、皓一郎はバスルームへと運び、丁寧にシャワーを浴びさせてくれた。

恥ずかしいから自分でやると主張したのだが、皓一郎は許してくれず、気が済むまで丹念に洗われてしまい、寝間着代わりの部屋着まで着せられてしまった。

「さぁ、急いでベッドに戻らないと」

「晴くんが起きちゃうかも……！」

シーツも片付け、一緒にバスルームを出た二人は足音を殺して皓一郎の寝室へ入る。

幸い、晴はベッドの真ん中でぐっすりと寝入っていたのでほっとした。

顔を見合わせた二人は、それぞれ左右からそっとベッドに入り、晴を挟んで見つめ合う。

なんだか離れがたい気持ちになって、そっと手を握り合う。

「ロマンティックな初夜でなくて、すまない」

「ふふ、子どものいる家庭は、どこもこんな感じだと思いますよ」

二人はひそひそと囁き合い、微笑んだ。

「おやすみ」

「おやすみなさい」

これからは、リビングのソファーを見る度に今夜のことを思い出してしまうかもしれない。

そう想像し、奏汰は一人赤くなった。

それから。

皓一郎は晴の父方の祖母に連絡し、晴を正式に自分が引き取りたい旨《むね》を告げ、決断が遅くなったことを詫《わ》びた。

祖母は残念そうだったが、「晴くんがそうしたいのなら、それが一番いいことだと思います」と賛成してくれた。

皓一郎がはっきりと自分の意志を示してくれたことで、晴もずいぶん落ち着いてきて、皓一郎にも遠慮なく甘えてくるようになった。

三人での生活は、毎日が楽しくて、あっという間に過ぎてしまう。

こうして、表面上は今までとなにも変わらない日々が続いたが、皓一郎と奏汰の関係はてきめんに変化した。

「奏汰。きみのご両親には、どうご挨拶したらいいかな？」

「え？　どうしたの、急に？」

すっかり恒例になった家飲みの際、いきなりそう切り出され、奏汰は目を丸くする。

今はまだ、晴の住み込みシッターとして居候させてもらっている形になっていて、当然ながら両親に皓一郎との関係はまだ打ち明けていない。

「そんなに、焦らなくていいんじゃないかな。そのうち、折を見て話せば」

本音を言えば、両親に知られて反対されるのは怖いが、いつかは通らねばならない道だ。

その困難を乗り越える覚悟で、自分は皓一郎と共にある道を選んだのだから。

「そうか。きみの気持ちが決まったら、一緒にご挨拶に行こう」

「うん、ありがと」

皓一郎は父親とも仕事以外ではほとんど没交渉らしく、自分の両親に認めてもらおうという気はないようだが、奏汰はいつか彼も両親と心が通じ合う日が来ることを祈っていた。

「そういえば今日、晴くんと一緒にお絵描きしたんですよ」

と、奏汰は晴のお絵描き帳を開いて見せる。

保育園の宿題で、『将来住みたい家』を絵にしてくるというのがあり、二人で描いてみたのだ。

晴は大きな煙突のある一軒家を描き、庭には犬がいる。

奏汰の方は一戸建ての外観と、内部の間取り図までが詳細に描かれた大作だ。

「運動会の弁当の時も思ったが、きみは絵がうまいな」

「そうですか？　好きなんですよ、絵を描くの。俺、子どもの頃からずっとマンションだったから、一度も戸建てに住んだことがなくて。だから、すごく憧れで。いつかお金を貯めて、素敵な一戸建てに住むのが夢なんです」

「そうか。こういう間取りが好みなのか？」

そう聞かれ、奏汰は嬉々としてイラストの解説を始める。

「間取り考えるのも、大好きなんです。まず一階のここがガレージで、出入りしやすいようにすぐ裏に勝手口があって、キッチンはやっぱりオープンキッチン！　料理しながら家族の顔が見られるから、ここは絶対に譲れません」

「うん、それで？」

「リビングは南向きで日当たりがよくて、小さくても庭があって、そこで夏はバーベキューとか花火をするんです。二階は一番日当たりがいいところを晴の子ども部屋にして、隣が俺達の寝室で、向かいが皓一郎さんの書斎」

奏汰が書いた間取り図はけっこうな出来映えで、二階の天井部分には収納階段があり、そこにスキー用品など普段使わないものを収納できる屋根裏スペースの有効活用まで考慮されていた。

そこまで熱く語ってしまってから、奏汰ははっと我に返る。

「妄想なのに、真面目に考え過ぎですよね、はは」

「そんなことはない。夢を持つのは大切だ。目標があればこそ、頑張る原動力になる」

と、皓一郎は奏汰の前髪を掻き上げ、愛おしげに口付ける。

「いつか、三人でこんな素敵な家に住めたらいいな」

「……うん」

肩を抱き寄せられ、甘えるように頭をもたせかけながら、奏汰はしあわせを噛みしめる。

初めて出会った頃は、まさかこんな日が来るなんて予想だにしていなかったが、これも運命だったのかもしれない。

皓一郎と晴に出会えた奇跡に、奏汰は心から感謝していた。

◇　◇　◇

早いもので、奏汰がパートナーとして皓一郎と晴と共に暮らし始めてから半年が過ぎた。

奏汰は皓一郎のアシスタント兼見習いとして、正式に加賀見グループに就職し、公私ともに皓一郎を支える存在になっていた。

共働きで小さな子を育てるのは大変だが、皓一郎も仕事を調整し、以前よりずっと早く帰宅するようになり、家事も折半なので助かっている。

春に年長組になった晴もすっかりお兄さんになり、相変わらず尚人と仲良しで、しょっちゅう互いの家を行き来しては一緒に遊んでいた。


『今日は出かけるので、身体を空けておいてくれ』

数日前から皓一郎にそう言われていたので、奏汰はその週末、朝から出かける支度をした。

晴も、お気に入りのシャツにハーフパンツでお洒落をしている。

「いったい、どこへ行くの？」

「それは着いてからのお楽しみだ」

と、皓一郎はもったいぶってなかなか教えてくれない。

そして、いつものように地下駐車場へ向かうと、皓一郎の愛車が見当たらなかった。

「あれ？　皓一郎さんの車が……」

見ると、左ハンドルの高級外車の代わりに、大型の国産車の高級ミニバンが停まっている。

しかも、ピカピカの新車だ。

「わぁ、おっきいくるま！」

見ると、後部座席には見慣れた晴のチャイルドシートが装着されていたので、それが皓一郎の車なのだとわかった。

「前の車では、いろいろ不便だったからな。どうだ？」

照れくささを誤魔化すように、皓一郎は後部座席のドアを開け、車内が広いことを解説し始める。

「皓一郎さん……」

彼がなにより大切にしていた愛車を手放し、自分達のために便利な車に替えてくれるとは思わなかったので、驚きでしばらく言葉が出てこなかった。

「さあ、それじゃ出発だ」

晴をチャイルドシートに乗せ、隣に奏汰が座る格好で、三人は初の新車でマンションを出発した。

車内は天井も広く、ゆったりとしていて乗り心地も快適だ。

しばらくドライブを楽しみ、やがて到着したのは、世田谷区《せたがやく》の閑静な住宅街だった。

「ここだ」

そう言って皓一郎が車を停めたのは、その中でひときわ目立つ新築一戸建てのガレージだった。

車が二台は停められる広さで、奥には綺麗に芝生を敷き詰めた庭も見える。

地価の高いこの辺りでこの広さの新築、しかもいかにも建て売りではなく注文住宅に見える立派な外観では、恐らく億は下らないだろうなと奏汰は考える。

「素敵な家だね。皓一郎さんのご親戚のおうちとか？」

「さぁ、どうだろうな」

と、皓一郎はその問いもはぐらかし、なぜか鍵を取り出した。

「さぁ、中を案内しよう」

吹き抜けの広々とした玄関でスリッパに履き替え、廊下を進むとまずリビングへ出たが、引っ越し前らしく家具がまったくない。

「わぁ、ひろ〜い！」

一戸建てが物珍しいのか、晴が二十畳はあるリビングを元気よく走り回っている。

見ると、全面ガラスの窓の向こうは庭に面していて、緑が目に鮮やかだ。

「残念ながら煙突はないが、いずれ犬は飼うことができるぞ、晴」

「え～ほんと？　ワンワンかえるの？」

「ああ、もちろんだ」

その言葉で、奏汰は以前晴が描いた理想の家のことを思い出す。

――もしかして……？

さっきから既視感のある光景に、奏汰は戸惑いを隠せない。

すると、皓一郎は全面ガラスの引き戸を開け、デッキを抜けて庭へ降りた。

「夏はここで、バーベキューや花火もできるぞ」

「皓一郎さん、まさかここって……？」

奏汰の困惑しきった視線を受け、皓一郎はしてやったりといった笑みを浮かべる。

「そう、きみの希望をすべて取り入れた家だ。施工から完成まで半年かかってしまった。待たせてすまない」

「えええっ⁉」

まさか……と思っていた予感が的中してしまい、奏汰の困惑は頂点に達した。

「そそそ、そんな……俺の設計で家が……皓一郎さんが、家を……っ」

「ひとまず落ち着け」

とりあえず深呼吸するように言われ、奏汰は大きく息を吸い込み、吐き出す。

動転していた気分が少し落ち着くと、皓一郎が「気に入らなかったか？」と不安げに聞いてきたので、ぶんぶんと首を横に振る。

「もちろん、嬉しいよ……！　嬉し過ぎて……どうしていいかわからないくらい。でも、いいの？　一生住む家を、俺みたいな素人が考えた設計で建てちゃって」

「もちろん、きみの設計図をプロの建築士に見せて、可能な限りそれを生かしてもらってあるので問題はない。家具は一緒に選ぼうと思って、まだ手配してないんだ」

皓一郎によれば、奏汰の実家から電車でも車でも近い場所だということで、そこまで考えていてくれたのかとさらに感動する。

「……ここ、すっごく高かったでしょ？」

恐る恐る、一番気になることを尋ねると、皓一郎はふっと微笑んだ。

「ローンを背負うのも、励みになる。これからも頑張って働くさ。家族のために働く楽しみを知ることができて、私はしあわせ者だ」

「皓一郎さん……」

今までの自分のこだわりのライフスタイルを潔く捨て去り、家族のことを最優先に考えてくれる皓一郎に、奏汰は目頭が熱くなる。

「お、俺もバリバリ働くからね……！　二人で頑張って返していこうね！」

皓一郎に比べたら年収も足許にも及ばないが、一生懸命働こうと心に誓う奏汰だ。

「え？　このおうち、かなちゃんがかんがえたの？」

「そうだぞ。設計図はすべて奏汰が考えた通りだ。もちろん晴のお部屋もある」

「わ～、かなちゃん、すご～い！」

晴も大はしゃぎで、それから三人で家中を見て回り、全員がこれからこの新居での新しい生活に思いを馳せていた。


それからは家具を選んだり、引っ越しの準備をしたりと慌ただしく日々が過ぎ、ほどなくして皓一郎一家はマンションから新居へと引っ越した。

皓一郎はスタイリッシュな部屋とは決別する覚悟を決めたのか、家具やインテリアは奏汰と晴の意見を最優先にすると宣言した。

よって、リビングの一角には、ウレタンマットを敷き詰めた晴の遊び場が誕生したが、皓一郎にも以前のマンションより居心地がよくて落ち着くと好評だった。

皓一郎の書斎だけは、彼の好みのインテリアにしてと勧めたので、それで今のところ万事うまくいっている。

『さぁ、今日のゲストは、リストランテ・カガミのカリスマシェフであり、加賀見グループ副社長でもある加賀見皓一郎さんです！』

盛大な拍手と共に、テレビ画面には皓一郎が登場する。

が、今までとは打って変わって自然体な出で立ちで、以前はきっちりと整えていた髪も下ろし、服もブランド物ではなく、カジュアルなシャツにジーンズだ。

一見シンプルな装いだが、なにせ足が長くスタイルがいいので、はっと人目を引く存在なのは相変わらずだ。

一分の隙もない以前のファッションより、自然体になってより彼の魅力が引き立っていると奏汰は思った。

雰囲気はがらりと変わったが、皓一郎は相変わらず女性達からの人気は絶大で、奏汰としては少々ヤキモチを焼きたくなることもあるのだが。

新居に移っても、奏汰は晴と一緒に皓一郎が出演するテレビ番組をすべて録画し、チェックしていた。

『あら？　以前出演していただいた時と、ずいぶん雰囲気が変わりました？　なにか、心境の変化でも？』

司会者の女性アナウンサーに問われ、皓一郎はふと微笑む。

『ええ。実は甥っ子を引き取りまして。ただいま育児に奔走中で、そのせいかもしれませんね』

皓一郎がさらっと告白すると、スタジオの観客達の間にざわめきが走る。

『と、言いますと、以前一時的に預かっているとおっしゃっていた甥っ子さんを、正式に引き取られたということですか？』

『はい、そうです』

『で、でも皓一郎さんはまだ独身ですよね？　お一人での育児は大変なのでは？』

暗に、独身の皓一郎が子どもを育てているとなると、自身の結婚が難しくなるのではないか。

アナウンサーは、そう聞きたいようだ。

『おかげさまで、素晴らしいシッターさんと巡り会えまして。二人で大切に甥を育てています』

彼女の詮索をさらりと躱し、皓一郎は如才なく巧みなトークで話題を変えている。

「こうちゃん、はるのこと、みんなにおはなししてくれたんだね」

「そうだね。晴くんのことが大好きって、皆に言えるようになったんだね」

よかったね、とにっこりすると、晴も嬉しそうに頷いた。

「かなちゃんとこうちゃんも、ず～っとず～っとなかよくしてね。そいで、ず～っとはるといっしょにいてね」

「もちろんだよ」

こんな可愛い子のそばを離れるなんて、できるわけないだろ～と、奏汰はふざけて膝の上の晴をくすぐると、晴はきゃっきゃと声を上げてはしゃいだ。

◇　◇　◇

「にぃに、あいたかった～！」

皓一郎の車のチャイルドシートから降ろされるなり、尚人は出迎えに来た奏汰の腰に抱きつく。

「尚人、よく来たね」

この週末、奏汰の両親が法事で大阪《おおさか》に行くことになり、尚人を泊まりで預かることになったのだ。

それでは、新居の庭のデッキでバーベキューをしようということになり、皓一郎が尚人を迎えに行ってくれている間に、奏汰と晴は野菜を刻んだり炭の準備をしたりと大忙しだったのだ。

「なおくん、いらっしゃい」

晴も、小さな両手を広げて出迎えると。

「はるく～ん！」

尚人も大喜びで、晴に抱きつく。

晴に慣らされたのか、加賀見家のルール『うれしいのハグ』が尚人もすっかり板についている。

幼児二人が、ぷにぷにのほっぺをくっつけて、うりうりする様は見ていて微笑ましい。

「今日はバーベキューだから、二人ともたくさん食べてね」

「「は～い！」」

加賀見家ご自慢のウッドデッキに続く室内のバーベキュースペースは全面ガラス張りで、排煙機能もついているので匂いがこもらず快適だ。

「さぁ、焼くぞ」

シャツの袖をまくり、気合を入れた皓一郎が、バーベキューセットの網の上に次々と肉や野菜を載せていく。

ちびっ子二人の大好物のソーセージも、たくさん用意した。

味つけも、リンゴをたっぷり擂《す》り下ろし、子ども向けの甘めのタレにしてある。

「わぁ、おにくがジュウジュウだ！」

尚人がこの新居でバーベキューに参加するのは初めてなので、見慣れない光景にテンションマックスだ。

「なおくん、やけどしないようにフゥフゥしてね」

意外にも世話好きな晴は、皿に取ってもらったソーセージを、ふぅふぅと吹いて冷ましてから尚人に差し出す。

「ありがと、はるくん」

晴が大好きな尚人は、もうデレデレだ。

「ぼく、ここんちのこになりたいな。そしたら、はるくんとず～っといっしょにいられるもん！」

「はは、尚人。それ本気？」

正式に結婚しているわけではないので、違うといえば違うのだが、関係性でいえば尚人は晴の叔父の立場になる。

同い年の二人が、叔父と甥になるというのも、面白いものだよなぁと奏汰は思った。

すると、ストローでリンゴジュースを飲みながら、なにごとかを考えていた尚人が、すっごくいいこと思いついちゃった！　と言いたげに挙手する。

「そうだ！　ぼくとはるくんが『けっこん』すればいいんだ。そしたらみんなで、このおうちでいっしょにくらせるよ？」

突然の提案に、奏汰は飲みかけていたビールをあやうく噴き出しそうになった。

「な、尚人⁉」

「だってぇ、けっこんはだいすきなひとどうしがするんでしょ？　ぼく、はるくんのことだいすきだもん！」

ね～？　と無邪気に同意を求められ、照れ屋の晴は耳まで赤くなっている。

「おおきくなったら、ぼくとけっこんしてくれる？」

「……そんなの、わかんない」

「え～、やくそくしてくれないのぉ？」

と、尚人が不満げなので、奏汰が慌てて割って入る。

「尚人、その話、パパとママの前でしちゃ駄目だよ。びっくりさせちゃうからね」

「そうなの？」

なぜなのかわからないという表情の尚人に、それまで黙って聞いていた皓一郎が口を開く。

「尚人くんの言っていることは、間違っていない。結婚は、いろいろな人の数だけいろいろな形があって、男の人同士、女の人同士がすることもある。一番大事なのは、世界中で一番大好きな人とするってことなんだ。大きくなっても、二人の大好きがずっと続いていて、一生一緒にいたいって思えたなら、その時は結婚を考えればいい」

「皓一郎さん……」

「まだ二人には、少し早過ぎるがな」

「わかった」

と、尚人は真面目な表情で頷く。

「おおきくなったら、またぷろぽーずするね、はるくん。それまで、よやくしとくから、まっててね！」

「……うん」

尚人がにっこりすると、晴もつられてにっこりする。

二人はとても仲良しなのだ。

食事の後は、庭に子ども用プールを出し、二人が水遊びをする光景を皓一郎と奏汰がスマホとビデオで撮影しまくった。

奏汰はその映像を、大阪にいる両親に送ってやる。

「晴が結婚する時のことを想像したら、目頭が熱くなったぞ」

「え、もう？　それってちょっと気が早過ぎだよ」

真顔で晴の将来の心配をする皓一郎は、もうどこから見てもいい父親だ。

出会った当時の、あの芸能人ばりにキメまくっていたファッションはすっかりなりをひそめ、高級マンションのペントハウスは一戸建てに、イタリア製高級外車は国産のファミリーカーに変身した。

最近の彼はすっかり格安ブランドの部屋着が馴染んできて、家ではゆったりと寛いでいるように見える。

そんな彼と晴と共に暮らせる奏汰も、しあわせでしあわせで。

もうほかには、なにもいらないと思ってしまうくらいなのだった。

加賀見さんちのハネムーン

CROSS NOVELS

Illust:Hal Suzukura

Novel:Runoa Mafune

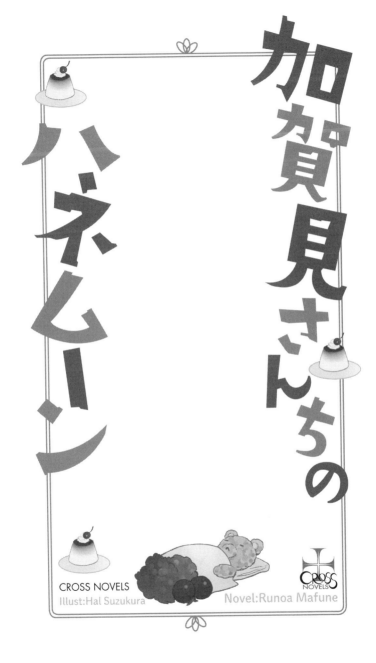

「わぁ、ひこうきだよ、かなちゃん！　おっきいね〜」

乗り物が大好きな晴《はる》は、成田《なりた》空港に到着すると滑走路に見える飛行機の群れに大興奮だ。

反面、奏汰《かなた》はやや緊張の面持ちで、表情も硬い。

「忘れ物、ないかな。薬は持ったし、着替えも……」

奏汰にとっては初めての海外旅行で、あれこれ準備に時間がかかり、数日前から考え過ぎてよく眠れない有り様だ。

旅先、ことに言葉の通じない海外ではなにが起きるかわからない。

楽しみではあるが、小さな子ども連れということで、気をつけなければという思いも強かった。

スーツケースは既にチェックインカウンターで預けたものの、もう一度中身を確認したい衝動に駆られる。

するとそんなガチガチの奏汰の肩を、皓一郎がぽんと叩いた。

「そんなに気負わず、子連れ新婚旅行をリラックスして楽しもう。ハワイは主要なところでは大体日本語も通じるから、大丈夫だ」

「う、うん」

英語が堪能で、ただ一人何度もハワイに行ったことのある皓一郎《こういちろう》だけが頼りだ。

「そろそろ搭乗だ」

皓一郎に促され、ゲートを進むと、彼は当然のごとくビジネスクラスへ進んでいく。

「え、エコノミーじゃないの？」

「ハワイまでは長旅だ。身体が楽な方がいいだろう」

「そ、それはそうだけど」

事もなげに言われ、どうやら皓一郎は海外へ行く際は、いつもビジネスクラスを利用しているようだ。

――三人分のビジネスクラスの料金って、めっちゃ高いよね？

超庶民な奏汰は、値段のことが気になってしかたがない。

生まれて初めて経験する、ビジネスクラスの座席はフルフラットで横になることができ、想像以上に快適だった。

晴も、皆休んでいるから飛行機の中では静かにね、と言い含めると、大人しくいい子にしていてくれたので、ほっとする。

それどころか、ＣＡのお姉さん達から玩具をもらったり、代わる代わる相手をしてもらったりして、ちょっとしたアイドルだった。

七時間ほどの長旅の末、三人はついにハワイ・オアフ島へと降り立つ。

まずはタクシーでホテルへ向かうと、皓一郎が選んだのは、浜辺に建つ五つ星クラスの最高級ホテルだった。

寝室が二つあり、リビングまである広々としたスイートルームへ通され、一泊いくらするのだろうかと、またしても料金が気になってしまう奏汰である。

ホテルマンとも流暢《りゅうちょう》な英語で会話し、スマートにチップを差し出す皓一郎に、改めて惚れ直してしまう。

「さぁ、身軽になったところで、ビーチへ行こうか。ここのホテルにはプライベートビーチがあるから、晴がお昼寝したくなったら部屋へ戻って休憩すればいい。時差に身体が慣れるまで無理は禁物だ」

皓一郎も、やはり子連れ旅ということで、いろいろ配慮してくれているようなので、その優しさが嬉しい。

「晴、海だよ。い〜っぱい泳ごうね！」

「うん！」

この日を楽しみにして、新しい浮き輪も持参してきた晴は、それをお腹に抱えて準備万端だ。

こうして水着に着替えた三人は、上着を羽織って意気揚々とホテルのビーチへ繰り出す。

プライベートビーチはどこまでも続く白い砂浜が目に眩しく、海の色は鮮やかなコバルトブルーだ。

「わぁ、きれい！」

「ほんとだ」

こんなにも美しい海は見たことがなかった奏汰と晴は、感動しきりだ。

「二人とも、焼き過ぎると後がつらいから、日焼け止めを塗っておいた方がいい。ちゃんと準備運動をしてから、ゆっくり海に入るんだぞ」

「は〜い」

奏汰と晴は仲良く準備運動をしてから、それ〜！　と海へ入っていく。

少し泳いだら、ビーチにあるデッキチェアでのんびり日光浴を楽しむ。

テレビや雑誌の仕事があるので日焼けができない皓一郎は、ガンガンに日焼け止めを塗っているので、「背中塗ってあげる」と奏汰が申し出た。

クリームを両手に伸ばし、俯《うつぶ》せになった皓一郎の引き締まった背に、マッサージするように塗っていく。

晴の小さな背中にも子ども用の日焼け止めを塗り足してやり、奏汰には皓一郎が塗るか晴が塗るかでモメ始めたので、仲良く半分ずつお願いすることにした。

砂浜には綺麗な貝殻がたくさん落ちているので、晴と二人で思い出にといくつか拾ってきた。

泳ぎ疲れたら部屋へ戻り、三人で仲良くお昼寝だ。

少し休憩してから、ホテルのレストランのディナーに向かうが、堅苦しいのが苦手な奏汰のために、皓一郎がドレスコードのないカジュアルなステーキハウスを予約してくれた。

分厚いステーキは食べきれないほどのボリュームだったが、とてもおいしくて、晴も小さく切ってもらってたくさん食べた。

遊び疲れたのか、興奮し過ぎたのか、晴は部屋へ戻るとあっという間に夢の世界だ。

なので、大人二人はリビングのソファーで軽く飲むことにした。

ガウン姿で寛ぐ皓一郎は、とても楽しそうだ。

心からこの旅を楽しんでいるのが伝わってきて、奏汰もしあわせな気分になる。

「皓一郎さん」

「ん？」

「仕事、調整するの大変だったでしょ？　新婚旅行に連れてきてくれて、ありがと。すっごく楽しい。俺、この旅のこと、一生忘れないよ」

するとと、皓一郎は恋人の細腰を抱き寄せた。

「おいで」

彼に手を引かれ、不思議に思ってついていくと、皓一郎は晴が眠っている主寝室とは離れた、サブの寝室のドアを開ける。

すると、電気が消された室内にはいくつものキャンドルが点され、ベッドの枕許にはシャンパンとフルーツが用意されていた。

さらに驚いたのは、真っ白なシーツの上に、無数の薔薇の花びらでハートマークが描かれていたことだ。

「皓一郎さん、これ……」

「初夜がせわしなかったからな。お詫びに、どうしてもきみにロマンティックな一夜をプレゼントしたかった」

――まだ、気にしててくれたんだ……。

奏汰はとっくに忘れていたのに、いまだ覚えてくれていたことが嬉しかった。

「ありがと……すごく嬉しい」

お礼に、奏汰の方から思い切ってキスを仕掛け、誘ってみる。

すると、皓一郎に軽々と抱き上げられ、薔薇の花びらの中に横たえられた。

「きみからのお誘い、嬉しいな」

「旅行中まだ泳ぐんだから、身体に痕つけちゃ駄目だからね……？」

「わかった、気をつけよう」

そして、二人は初夜のやり直しの名目の下に、熱い一夜を過ごしたのだった。


楽しい時間は、あっという間に過ぎてしまう。

毎日ビーチで過ごしたり、ラグーンでイルカと一緒に泳いだり、ショッピングを楽しんだりと休暇を満喫しているうちに、四泊六日の旅行は、ついに帰国前日を迎えてしまった。

この日、レンタカーで一日ゆっくり島を回ろうということで、三人は皓一郎が運転する車で朝から牧場を見学したり、火山を見に行ったりして、残り少ない時間を楽しんだ。

夕刻が近づいてきて、奏汰はそろそろホテルへ戻り、明日のために荷造りをしなくてはと考えていると、皓一郎はふいに小さな教会の前に車を停めた。

「実にいい雰囲気の教会だ。まだ時間があるから、中を見学させてもらわないか？」

「そうだね」

規模は小さいが、年代物のステンドグラスが見事だったので、奏汰も興味をそそられ、車を降りる。

敷地内へ足を踏み入れるが、教会はなぜか無人のようで、人の気配がまったくない。

「誰もいないみたいだね」

これでは中へ入れてもらうのは無理かと、奏汰が少しがっかりしていると、皓一郎が正面扉を左右に開け放つ。

すると、中央の通路には赤い絨毯が敷かれていて、奥にある祭壇にはたくさんのキャンドルが点されていた。

赤く染まった夕日がステンドグラスの窓から差し込み、揺れる無数の炎と相まって、その美しい光景に奏汰は思わず息を吞む。

「わぁ……綺麗……」

つい見とれていると、どこからか聞き覚えのある曲が流れてきた。

——これは……？

確か、結婚行進曲だ。

教会で挙式する人は多いだろうから、もしかしてこれから式があるのだろうか、と思っていると。

奏汰と手を繋いでいた晴が、突然タタっと走り出し、一人で奥の祭壇に上ってしまう。

「晴、駄目だよ。勝手に……」

慌てて制止しようとすると、それをなぜか皓一郎が止めた。

見ると、結婚行進曲が流れているのは、皓一郎が手にしているスマホからだった。

音量を大きくし、彼はそれを教会内に響き渡るように椅子の上に置く。

「皓一郎さん……？」

「えっへん！　それでは、これよりこうちゃんとかなちゃんの、けっこんしきをとりおこないます！」

祭壇では、晴がそう声を張り上げる。

「ええっ⁉　結婚式⁉」

驚いていると、いつのまに用意していたのか、皓一郎が白い薔薇《ばら》の花を二輪取り出した。

そして、一輪を奏汰のシャツの胸ポケットに、もう一輪を自分のジャケットの胸ポケットに挿す。

「タキシードを用意することも考えたが、きみは堅苦しいのが苦手だから、ラフにいこうと思ってな。さぁ、共にバージンロードを歩こう」

「皓一郎さん……」

「結婚式を挙げようと言い出したのは、晴なんだ。この教会は時間貸しで貸し切っているから、誰も来ない。私達三人だけの、結婚式だ」

「晴が……？」

「ああ。誓いの言葉も、一生懸命練習したんだ。聞いてやってくれ」

それでは、この結婚式の神父役は、晴が務めるということなのか、と奏汰はさらに驚かされる。

「さぁ」

皓一郎に左肘を差し出され、奏汰はおずおずとそれを取る。

曲に歩調を合わせ、一歩、また一歩と二人は晴の待つ祭壇へと進んだ。

誰も参列客のいない、三人だけの結婚式。

だが、自分には一生こんな機会はないと思っていた奏汰にとっては、最高のサプライズだった。

そして二人が祭壇前に立つと、晴は持参してきたらしいノートを両手で捧げ持ち、大きな声で読み始める。

「こうちゃん、あなたはうれしいときもかなしいときも、ず～っとずっとかなちゃんをあいしつづけ、ず～っとそばにいることをちかいますか？」

「はい、誓います」

皓一郎が迷いなく、右手を挙げてそう宣誓する。

すると晴は、次に奏汰に向かって言った。

「かなちゃん、あなたはうれしいときもかなしいときも、ずっとずっとこうちゃんをあいしつづけ、ずっとそばにいることをちかいますか?」

「……はい、誓います」

誓いの言葉は神聖で重く、口にすると感動で胸がいっぱいになってしまった。

そこで晴は、二人を見上げて言う。

「はるとも、ずっとずっといっしょにいてくれる?」

その問いに対する二人の答えは、既に決まっていた。

「「もちろん……!」」

それを聞き、晴は嬉しそうににっこりした。

「それでは、ここにふたりをしょうがいのはんりょとして、みとめます! ゆびわのこうかんを」

その言葉に、皓一郎はジャケットの懐からリングケースを取り出す。

蓋を開けると、中にはお揃いのプラチナリングが二つ並んでいた。

「……どこまでも、サプライズなんだね」

「驚いたか?」

「もう、最高だよ……!」

感極まって我慢できず、奏汰は皓一郎の首に両手を回し、抱きついてしまう。

「あ〜ん、だめだよ。ちかいのキスは、ゆびわこうかんのあとなんだから」

「あ、ごめんごめん」

せっかくの段取りを乱してはいけないと、奏汰は身を引き、左手を差し出す。

まずは皓一郎が奏汰の左手の薬指に指輪を嵌《は》めてくれ、次に奏汰が皓一郎の指に同じように嵌めてやる。

二人の左手にお揃いの結婚指輪が輝いたのを見て、奏汰の感動は最高潮に達する。

そして、厳かな誓いのキスに、胸が詰まった。

「かなちゃん、どうしてないてるの？」

堪えきれず、涙を零した奏汰に、晴が心配そうに覗き込んでくる。

「ごめん、嬉しくて」

人は、嬉しくても涙が止まらなくなるものなのだと、奏汰は身をもって知った。

「ありがとう、本当にありがと……」

うまく言葉にならなくて、ただそう繰り返す。

すると晴が奏汰の腰に両手を回してぎゅっとしがみつき、そんな二人をさらに温かく包むように皓一郎が優しく抱きしめてくる。

「私達は家族だ。これから三人で、もっともっとしあわせになろう」

「……はい！」

これから先の人生、いろいろ困難もあるだろうが、三人でならきっと耐えられるし乗り越えていけるだろう。

「二人とも、大好きだよ」

奏汰は、新たな家族を得て、一生彼らを守って生きていこうと心に誓った。

こんにちは、真船《まふね》です。

今作は、これまた大好物の子持ち物となりました。

ちなみにですが、今回は女装はしていません（笑）

皓一郎《こういちろう》はイケメンで格好つけるけど、どこかちょっとだけ格好悪いスパダリ攻めに……。

完全無欠な攻め様より、こういう人の方が人間味があって好きです。

私の中で尚人《なおと》は、五歳で一目惚れした晴《はる》にベタ惚れなスパダリ攻めに将来成長する予定です。

ひょっとしたら、皓一郎よりハイグレードなスパダリ攻めになるかも？（笑）

奏汰《かなた》と皓一郎には、年を取っても末永くいちゃいちゃしていてほしいものです。

そして、お忙しいところ、素敵なイラストを描いてくださった、鈴倉温《すずくらはる》様。

あとがき

お仕事初めてご一緒できて、とても光栄でした。
ちびっこ晴と尚人の可愛らしさに、もうクラクラで♡
ハシビロコウのぬいぐるみの可愛さにもダブルでやられました（笑）
皓一郎もイケメンで、奏汰はキュートで、まさにイメージ通りの素晴らしいイラストをありがとうございました！
最後になりましたが、読んでくださった皆様に、最大級の感謝を捧げます。
たくさんの本の中から、この本を手に取ってくださって本当にありがとうございました。
次にまたお目にかかれる日を、楽しみにしています！

真船るのあ

CROSS NOVELS既刊好評発売中

おねがい、けっこんして!!

サムライ花嫁

真船るのあ

Illust みずかねりょう

趣味は剣道と節約の亘輝が時代劇のエキストラのバイト先で偶然出会ったのは、来日中のハリウッドスターのカイル。

極上のスターオーラで強引に頼まれ、彼の年の離れた異母弟・シオンとリオンの期間限定シッターをすることに。

天使のような双子は少々訳ありのようだが、亘輝を本物のサムライだと信じて純粋に慕ってくれる。初の子守りをなんとかこなしながら二人と仲良くなっていくうちに、カイルまで熱烈に口説いてきて!?

カワイイがいっぱいの、シンデレラ・ラブロマンス♡

CROSS NOVELS既刊好評発売中

逃げる弟、追う義兄（超・過保護）

花嫁は義兄に超束縛される

真船るのあ

Illust 緒田涼歌

幼い頃に両親を亡くし、洲崎家に引き取られた昊洸にとって、義兄の蛍一は世界の全てだった。蛍一が家を出てからは見捨てられたと思い、疎遠になっていたのに、昊洸が一人暮らしを始めた途端、義兄の束縛＆過保護がヒートアップ！

反発するも、間の悪いことに代理で女装バイト中に、蛍一が店に襲来!?

不運は重なり、会社重役兼人気作家の蛍一がその場をスクープされ、昊洸は「秘密の恋人」と書かれてしまう。そのせいで、蛍一と同棲(?)する羽目になった昊洸は毎日ドキドキさせられっぱなしで!?

超過保護な義兄×いじっぱり義弟の溺愛ラブ♡

CROSS NOVELSをお買い上げいただき
ありがとうございます。
この本を読んだご意見・ご感想をお寄せください。
〒110-8625
東京都台東区東上野2-8-7　笠倉出版社
CROSS NOVELS 編集部
「真船るのあ先生」係／「鈴倉 温先生」係

CROSS NOVELS

加賀見さんちの花嫁くん

著者
真船るのあ

2017年12月23日　初版発行　検印廃止

発行者　笠倉伸夫
発行所　株式会社　笠倉出版社
〒110-8625　東京都台東区東上野2-8-7　笠倉ビル
[営業]ＴＥＬ　0120-984-164
ＦＡＸ　03-4355-1109
[編集]ＴＥＬ　03-4355-1103
ＦＡＸ　03-5846-3493
http://www.kasakura.co.jp/
振替口座　00130-9-75686
印刷　株式会社　光邦
装丁　Yumi Miyasaka
ISBN　978-4-7730-8868-7
Printed in Japan